小磨诗坊

本册主编 杨雪莹

丛书主编 王兆鹏

边塞

長江出版傳媒 崇文書局

千古边关梦，烈火与羌笛

序

王兆鹏

《小磨诗坊》特点在“小”。

小主题。常见诗歌分类选本，多以大主题分，如山水诗选、咏物诗选之类。本丛书是按小主题来梳理切分，一种景物分作一题，一种情感归为一类，聚集呈现。一册在手，可以窥知不同时代、不同作者、不同诗体对同一主题的表现。欣赏者可藉此比较领悟同一主题的不同风格韵致，创作者可揣摩学习同一景物情感的不同表现方式与写作路径。

小规模。每本10万字。可以燃香烹茶，正襟危坐地细细品读，也可以在茶余饭后的碎片化时间里快速浏览。一种主题的流衍变化和N种风情，很快就能了然于心。

小作者。丛书的作者基本都是刚入行的名校硕士、博士，属“才露尖尖角”的“小荷”。虽然算不上名家高手，却充溢着青春才子才女们的朝气、才气、灵气，文笔灵动，话语鲜活，有学理性而无学究气。

《小磨诗坊》特色是“精”。

选目精粹。每书所选诗篇词什，都是在广搜博览的基础上几经汰选而成。切合主题的名篇佳作方能入选。故所选作品，多为百里挑一的精品。

赏析精到。作品鉴赏，既不同于传统的一板正经，如教科书般条分缕析，学术性强而可读性弱；也区别于新潮的天马行空，文笔虽妙，却不着边际，有可读性而无学术性。本丛书坚守学术本位，充分发挥每位作者的灵心慧性，将个体的生活经验、艺术感悟与迁想妙得有机融合，入乎其内又出乎其外，诗心诗境诗法诗艺，拿捏得精准到位。

制作精良。作者团队精心结撰，编辑团队也是细心打磨。如同小作坊制作工艺品，字斟句酌，刮垢磨光，力图打造一部部精品。然能否成为精品，有待高明读者的评鉴印可。

前言

杨雪莹

边塞，伴随着国家概念的产生。自夏以来，凡有国土，必有边疆。几千年历史长河中，二者都如同光和影，相伴相生，相辅相成。边塞原本只有地理上的意义，然而古往今来，长燃不熄的战火，让这里的灵魂总在生死之间喘息，总在是非面前抉择。这里，承载了太多刻骨铭心的生命情感，留存了太多宝贵灿烂的文化遗产，也让边塞凝聚成一个不可或缺的文化符号。

先秦时期，《诗经》《楚辞》里已经有一些出色的边塞篇目出现。在生死考验面前，“与子同仇”的慷慨，“君子于役”的思念，“与子偕老”的承诺，“雨雪霏霏”的感慨，“子魂魄兮为鬼雄”的悲壮，无不令人叹为观止，潸然落泪。也是自先秦起，边塞作品的两个典型场景、六个经典主题基本奠定了雏形：两个场景——边关战场和将士们的故乡；六个主题——报国的决心；必胜的信念；久戍的艰辛；赴死的悲壮；思念的痛苦；遥寄彼此的牵挂祝福。在这些真切的生命体验中，边塞文学得到滋养，慢慢汇集，潺潺而下，沿着历史的轨迹向前流淌。

时至汉魏六朝，乐府的兴起，为诗人们提供了丰富的音乐素材，诗人们就着题目、和着旋律、融入自己的所见所闻作诗，如《饮马长城窟行》《蒿里行》《关山月》等，都是有名的乐府诗题。西汉文风以铺张扬厉为美，到南北朝则崇尚纤柔颓靡的宫体诗，边塞题材的作品相对较少，但它们却以苍劲的风格和强烈的生命共鸣，成为当时与众不同的存在。历史也证明了，真情实感流露的作品，其艺术价值远胜于那些或假大空泛，或无病呻吟的词句。

六朝时期还留下了一些别具特色的边塞民歌，如《十五从军征》《木兰诗》《敕勒歌》等，它们以质朴的语言和极强的艺术囊括力，在文学史上占据着一席之地，与文人作品交相辉映，也为后来的许多诗人提供了创作养分。

到了隋唐，才真正迎来中国诗史上的黄金时代。积淀了千年的历史文明，又遇上大一统的国泰民安，唐朝诗人积极参与着多姿多彩的生命体验，心中喷薄着挥笔创作的热情。这一点在边塞题材中体现得尤为明显。据统计，唐以前的边塞诗现存不到两百首，而《全唐诗》中所收的边塞诗已达到两千余首。唐朝国力的强盛、边防的安稳，给唐人带来极大的民族自信，也带来建功立业的激情。再加上科举和武试的兴起，军功和升职的相连，令许多文人愿意投笔从戎、求取功勋。“初唐四杰”中，杨炯的“宁为百夫长，胜做一书生”正是这种心态的写照。初唐另一个写边塞题材较多的诗人是骆宾王，他为了更好地进入官场，自愿前往边塞，有着丰富的亲身体验，其诗沉郁苍凉。

诗到盛唐，百花齐放。盛唐诗人以雄浑刚健为基调，在高昂的民族自豪感和积极的个人自信中，挥舞出磅礴绚烂的篇章，后人称之为“盛唐气象”。从王昌龄、王之涣，到李白、杜甫，再到高适、岑参、王维、崔颢，每一位诗人的作品，都足以洋洋洒洒千万言。我们看到“醉卧沙场君莫笑，古来征战几人回”的悲壮之歌，我们看到“秦时明月汉时关，万里长征人未还”的历史沧桑，我们看到“大漠孤烟直，长河落日圆”的壮阔风景，我们看到“燕山雪花大如席，片片吹落轩辕台”的奇壮画卷，我们看到“射人先射马，擒贼先擒王”的谋略胆识……盛唐人即使面对生离死别，也是慷慨从容，即使是悲，也要悲得壮阔。那是一个鼎盛帝国带来的蓬勃朝气，如同正值花样年华的青年人，令人见之便充满了希望。到了盛唐，边塞作品既在已有的轮廓中向前发展，更是开拓了全新的领域，将边塞风光、民族风情、民族关系等新内容纳入了版图。诗人们已经不满足于循规蹈矩，他们也乐于将乐府旧题翻新再创作，赋予这些古题以全新的生命。

中唐以后，国力走向了下坡，特别是“安史之乱”后，国家命运的飘摇和百姓的流离失所，边塞诗更多反映了民间疾苦、个人愁怨以及讽刺统治者的好大喜功，诗风转入沉郁顿挫。

唐朝过后，边塞作品失去了最丰富的土壤，宋朝的重文轻武注定不会让边塞题材太受欢迎。而就在此时，仍有一些爱国志士，用不屈的灵魂发声，喊出了这个积弱王朝里最雄浑的声音。譬如岳飞、陆游、辛弃疾，他们的英雄之悲，至今令人扼腕；可他们的激昂之气，留下了不朽的篇章。元明清以下，边塞诗词虽不复唐时的兴盛，却也有一些值得称道的作品。

边塞题材在丰富和深刻上，具有天然的优势。它的历史进程虽几经起落，却一直没有断绝。这也从一个侧面证明了，中华民族之所以屹立不倒，正是因为戍守边关的将士们的奉献，正是因为保家卫国的仁人志士们的努力，因为华夏文明强大的向心力，让它得以闯过历史的重重考验，从遥远的上古，历经风雨，绵延至今。

本册精选了从先秦到清朝的边塞诗词名篇名章，反映了不同历史时期的人们，在迥异于中原的边关大地，共同谱写的生命之歌。阅读这些经典诗篇，我们可以同古人一道，亲历那绵延了漫长岁月的烈火与羌笛，感受他们在生与死、家与国之间的不同情感、体悟与抉择。倘若其中只言片语，能让您稍作停留、让您若有所思，那便是我们不枉此行了。

目录

诗

词

诗

小磨诗坊·边塞

诗经·秦风·无衣

先秦·佚名

岂曰无衣？与子同袍。
王于兴师，修我戈矛，与子同仇！
岂曰无衣？与子同泽。
王于兴师，修我矛戟，与子偕作！
岂曰无衣？与子同裳。
王于兴师，修我甲兵，与子偕行！

|辑 评|

[宋]朱熹《诗集传》：赋也。秦俗强悍，乐于战斗。故其人平居而相谓曰：岂以子之无衣，而与子同袍乎？盖以王于兴师，则将修我戈矛，而与子同仇也。其欢爱之心足以相死如此。苏氏曰：秦本周地，故其民犹思周之盛时，而称先王焉。或曰：兴也。取“与子同”三字为义。后章放此。
吴闿生《诗义会通》：英壮迈往，非唐人出塞诸诗所及。

赏读

《秦风·无衣》是《诗经》里最雄浑的慷慨战歌。它诞生于辽阔的黄土高原，诞生于一群条件艰苦、却勇猛团结的人民口中。他们在纷争不断的春秋战国时代，孕育着后来一统天下的传奇。

全诗以《诗经》常见的三段复沓形式构成。它没有比兴，直接赋事，一句有力的反问“岂曰无衣”，既体现了军情紧急、物资不足，又写出军民们并不在意无衣的困难。而后马上回答“与子同袍 / 同泽 / 同裳”，愿和战友共用一件衣物——这里我们不必纠结如何实现，只需要感受秦军将士们彼此肝胆相照的感情和集体克服困难的决心。接下来说明事由，王将要起兵，我们积极修整好自己的兵器、盾牌、盔甲，和所有的战士们同仇敌忾、共同杀敌！

上古诗、乐、舞融为一体，《诗经》的每首诗，都是可以配着音乐唱出来的，不少诗歌更可以伴舞吟唱（尤其是用于宴饮和祭祀的雅诗和颂诗）。《诗经》的重章叠句，尤其注重章与章之间的递进。这首《无衣》之中，“与子同袍 / 同泽 / 同裳”，衣物有从内而外、由上到下的顺序，符合视觉习惯；“与子同仇 / 偕作 / 偕行”，展现了从统一思想、统一行动再到一同出军的起兵全过程。章与章之间，体现出层叠递进的内在逻辑，也点燃了奔赴前线的战斗激情。

诗经·王风·君子于役

先秦·佚名

君子于役，不知其期，曷至哉？
鸡栖于埘，日之夕矣，羊牛下来。
君子于役，如之何勿思！
君子于役，不日不月，曷其有佸？
鸡栖于桀，日之夕矣，羊牛下括。
君子于役，苟无饥渴！

|辑 评|

［宋］朱熹《诗集传》：大夫久役于外，其室家思而赋之，曰：君子役役，不知其反还之期，且今亦何所至哉？鸡则栖于埘矣，日则夕矣，牛羊则下来矣。是则畜产出入，尚有旦暮之节，而行役之君子，乃无休息之时，使我如何而不思也哉！君子行役之久，不可计以日月，而又不知其何时可以来会也。亦庶几其免于饥渴而已矣。此忧之深而思之节也。

赏读

《君子于役》是一首妇女思念征夫的诗。不同于常见的先比兴后赋，这首诗先赋后比兴。丈夫去服役了，不知道他的归期，现在的他究竟到了什么地方？接下来这一节充满天然的妙趣：家里养的鸡回到了鸡舍，太阳渐渐落山，牛羊从远方回来了——在这里，诗人的视角是动态的，由近及远，再慢慢回归到近处，感情指向也从风景回归到内心。家里的动物都回来了，那家人呢？妻子发出了感慨，丈夫在远处行役，如何能不思念他、牵挂他！

在那个日出而作、日落而息的古老年代，白昼里农事繁忙，而到了黄昏，结束了劳作，人的身心就安静下来了，此时鸡鸭归笼、牛羊归院、家人归来，所有珍爱的人事物都归聚回身边，正是一天之中最富于生活乐趣的时刻。然而此时，丈夫远征，不知归期，在这个本应团聚的黄昏时刻，家人缺失的失落感就更为强烈。

第二段虽然咏叹的景象与第一段类似，但是结尾却转入了不同的情感走向。诗人在这里把思念化为对丈夫的祝福，只求他不用忍饥挨饿，只求能保证最基本的生活需求，能健康平安就好。朱熹《诗集传》谓“此忧之深而思之节也”，正是这种朴素的愿求，最能打动人心。

诗经·小雅·采薇

先秦·佚名

采薇采薇，薇亦作止。
曰归曰归，岁亦莫止。
靡室靡家，猃狁之故。
不遑启居，猃狁之故。
采薇采薇，薇亦柔止。
曰归曰归，心亦忧止。
忧心烈烈，载饥载渴。
我戍未定，靡使归聘。
采薇采薇，薇亦刚止。
曰归曰归，岁亦阳止。
王事靡盬，不遑启处。
忧心孔疚，我行不来！

彼尔维何？维常之华。
彼路斯何？君子之车。
戎车既驾，四牡业业。
岂敢定居？一月三捷。
驾彼四牡，四牡骙骙。
君子所依，小人所腓。
四牡翼翼，象弭鱼服。
岂不日戒？猃狁孔棘！
昔我往矣，杨柳依依。
今我来思，雨雪霏霏。
行道迟迟，载渴载饥。
我心伤悲，莫知我哀！

赏读

《诗经》的雅诗一般是王公宴饮上演奏的诗歌，由文人创作，也包含一些反映时事的诗和讽刺劝谏诗。雅分大雅、小雅。怨刺诗主要见于小雅，所以一般认为小雅诗大多创作于西周末、春秋初，晚于大雅。

《采薇》是小雅的名篇。虽然这里的“采薇”和伯夷叔齐“义不食周粟”、采薇而食的典故关系不大，但是两者之间通过同一个词语，产生了若有若无的关联，共同构成后人对“采薇”的文化记忆。

诗以采薇起兴。尽管薇菜不断被采摘，依然漫山遍野地生长，就好像心中永远消解不去的乡愁。因为猃狁（北方少数民族）侵犯、战事紧张，将士们居无定所，无暇安顿，在一次又一次的征战和一次又一次的盼归中，只有岁月无情地流逝，一去不复返。

薇菜渐渐地抽出更多新芽，柔嫩修长。征戍中，将士们忍耐着劳累、饥渴，更笼罩着归期无望的忧愁。

薇菜慢慢长大，刚韧成熟，时间已从又一个年末（岁亦莫止）走到又一个十月（岁亦阳止）。薇菜生长，四季更迭，生命就在这期间一点点流逝。大王的征战依然没有结束，士兵们依然不能回乡，实在不能不忧愁。

接下来笔锋一转，表达的情感也随之焕然，或许在这里也伴随着音乐的变换。象征兄弟情谊的棠棣花下，排列着王室的战车，站立着精神抖擞的战马。四处征战的士兵们自信地说，我们不停地行军，不停地打胜仗，哪里在乎无法安顿的问题呢？我们有良马良车，可以保卫将领和士兵的生命；我们有用象骨装饰的良弓和鱼皮箭囊装着的利箭，我们积极地日日警戒，因为战事紧急，随时都可能有狎狁来犯。

"昔我往矣，杨柳依依，今我来思，雨雪霏霏。"这是《采薇》最令人称道的千古名句，甚至被誉为《诗经》里最好的句子。它将自然和生命的体验融为一体：当年离家之时，正值人生的青春年少，春天的柳丝飘动，仿佛是故乡和家人的无尽留恋；而今凯旋生还、回归故里，正是隆冬时节，雨雪纷飞，人也双鬓斑白、身心苍老，看着故乡的人事变化，心境该是何等苍凉。《世说新语》评此句为《诗经》最佳，称"此句偏有雅人深致"；王夫之《姜斋诗话》认为此句"以乐景写哀，以哀景写乐，一倍增其哀乐"。

孤独的主人公，同时品味着凯旋回乡的喜悦，以及人事变更的沧桑，有力抒发出"莫知我哀"的感慨。

九歌·国殇

战国·屈原（前340？—前278）

操吴戈兮被犀甲，车错毂兮短兵接。
旌蔽日兮敌若云，矢交坠兮士争先。
凌余阵兮躐余行，左骖殪兮右刃伤。
霾两轮兮絷四马，援玉枹兮击鸣鼓。
天时坠兮威灵怒，严杀尽兮弃原野。
出不入兮往不反，平原忽兮路超远。
带长剑兮挟秦弓，首身离兮心不惩。
诚既勇兮又以武，终刚强兮不可凌。
身既死兮神以灵，子魂魄兮为鬼雄。

| 辑 评 |

［明］林云铭《楚辞灯》：怀王时，秦败屈匄，复败唐昧，又杀景缺，大约战士多死于秦，其中亦未必悉由力斗。……《庄子》曰：战而死者……皆以无勇为耻也。故三闾先叙其方战而勇，既死而武，死后而毅。极力描写，不但以慰死魂，亦以作士气，张国威也。

赏读

《九歌》是屈原早期的作品，是一组对民间祭祀歌谣的再创作。《国殇》在《九歌》里非常独特，它祭祀的不是天神地祇，而是为国捐躯的将士亡灵。不同于其他篇章里人神沟通、人神相恋的脉脉柔情，《国殇》雄浑悲壮，充满阳刚之美。它没有华美的辞藻，而是“通篇直赋其事”（《屈原赋注》），在以瑰丽为审美倾向的楚辞中，独树一帜。

乐歌以惨烈的战场为开端。战车的轮辐彼此交错，敌我士兵戈矛相接，旌旗遮蔽了太阳，数倍于我方的敌军如浓云一般汹涌而来。面对来势汹汹的敌军，楚国的将士们依然没有退缩，即使一批批同伴倒下，也依然顶着箭雨前仆后继。敌军入侵，搅乱了楚军的军阵，拉动战车的马或死或伤，被鲜血浸透的车轮埋在泥土里，奄奄一息的将领依然擂起战鼓，发出冲锋的号令。这一战，杀得天昏地暗、神灵震怒，无数忠诚的尸骨被抛弃在荒野之中。诗人在十句之内描绘了一场殊死恶战，渲染了敌众我寡的严峻和楚国将士们奋勇抗敌、为国捐躯的壮烈。

尽管人已死去，尽管身首异处，他们刚强不容欺凌的精神，将在人世间长存。诗人以充沛的感情为他

们讴歌，为他们的亡灵祈祷祝福。在楚文化的精神内核里，不论国君平民，都以国家和集体的荣誉为尊，战败逃回的楚王甚至会遭到拒开城门的待遇，只能重返战场、以身殉国，才被允许列入宗祠祭拜。古人相信，肉身毁灭，灵魂依然存在。人死为鬼，鬼意同“归”，那是人类灵魂的归宿。上古时期的鬼并不像今天以恐怖为特征，那时鬼不过是和生灵一样的灵魂，人们可以通过特殊的方式与鬼魂沟通。尤其是在信奉巫术、占卜的楚国，他们认为世间就是人神鬼共享的一片天地，他们亲神亲鬼，通过巫师作为纽带，向鬼神询问吉凶，达到天地人的和谐相融。

面对这些为国而死的将士们，洪兴祖在《楚辞补注》中，怀着真挚的爱国感情称赞他们“既死之后，精神强壮，魂魄武毅，长为百鬼之雄杰也”。这又何尝不是对屈原的称赞呢？

陇西行

汉·佚名

天上何所有？历历种白榆。
桂树夹道生，青龙对道隅。
凤凰鸣啾啾，一母将九雏。
顾视世间人，为乐甚独殊！
好妇出迎客，颜色正敷愉。
伸腰再拜跪，问客平安不？
请客北堂上，坐客毡氍毹。
清白各异樽，酒上正华疏。
酌酒持与客，客言主人持。
却略再拜跪，然后持一杯。
谈笑未及竟，左顾敕中厨。
促令办粗饭，慎莫使稽留。
废礼送客出，盈盈府中趋。
送客亦不远，足不过门枢。
取妇得如此，齐姜亦不如。
健妇持门户，亦胜一丈夫。

赏读

陇西，在今甘肃临洮县西南，汉时是通往西域的要道，沿途的住户多兼营客舍酒店生意。《陇西行》属于汉代乐府旧题，常用于描写边塞战争。这首《陇西行》是一首非常特别的边塞诗，特别就在于它并没有直写战场，而是通过称赞边庭女子持家的能干，来暗讽战争的频繁。

前四联与诗的主题并无太大关联，应该是保留了汉代宴饮席间口头赋诗的传统，用一些模板型的漂亮句子开头，提醒听众准备开始演奏，再进入正题。这些用于开场的句子，可以视作“兴”。张玉谷《古诗赏析》认为开场咏凤，与后文称赞“健妇”有关，并认为凤凰有九个孩子，反衬妇人因战乱没有孩子的孤独，可备一说。

诗歌主体部分，以一位能干健妇的一系列行为构成。一个“好”字开门见山，给女子定性。循着客人的视角望去，女子容颜如花（敷愉，同“敷蒲”，花开的样子），流露出健康的有生命力的美。女子向客人行礼问安，请客人进入朝北的堂上，并坐上铺了毛毡的座席。她细心地用不同的杯子分装清酒、白酒，娴熟地斟酒入杯，酒面漾起如花般绽放的波纹。敬酒

时，客人让女子持杯，女子先稍稍后退行礼，再举杯回敬。谈笑其间，她又能顾及敦促后厨上饭，不至于耽搁。送客时，她款步盈盈，送出即止，足不出户。一连串行为下来，女子轻车熟路，大方得体，同时兼顾了待客礼数和妇人之道，不仅让客人赞叹：这样的女子，与古代贤妇齐姜相比也毫不逊色，甚至胜过了男子汉大丈夫。齐姜，《诗·衡门》曰“岂其娶妻，必齐之姜”，旧笺认为指春秋时晋文公夫人，她督促丈夫奋发，终于成就事业，后世用于指代高贵女子。胜过一丈夫，这在男尊女卑的社会里，是尤为难得的极高赞誉。

每一个独立持家的女子背后，都有一个缺席的丈夫、一个不完整的家庭。边庭的男子能去哪儿呢？可想而知，是被征去行军打仗了。频繁的边塞战事，培养出无数在家庭里成为顶梁柱的女子，而边塞妇女并无中原妇女持家“禾生陇亩无东西”的窘境，可见在边关艰苦环境的千锤万击中历练的坚强。至此，诗人在称赞中有哀叹，哀叹中有称赞，余音袅袅，留给听众细细回思。

饮马长城窟行

汉·陈琳（？—217）

饮马长城窟，水寒伤马骨。
往谓长城吏，慎莫稽留太原卒！
官作自有程，举筑谐汝声！
男儿宁当格斗死，何能怫郁筑长城。
长城何连连，连连三千里。
边城多健少，内舍多寡妇。
作书与内舍，便嫁莫留住。
善侍新姑嫜，时时念我故夫子！
报书往边地，君今出语一何鄙？
身在祸难中，何为稽留他家子？
生男慎莫举，生女哺用脯。
君独不见长城下，死人骸骨相撑拄。
结发行事君，慊慊心意关。
明知边地苦，贱妾何能久自全？

辑评

[清]陈祚明《采菽堂古诗选》：孔璋《饮马》一篇，可与汉人竞爽，辞气俊爽，如孤鹤唳空，翮堪凌霄，声闻于天。又云：边事倥偬状，言之悲切。“举筑谐汝声”用力之态，如闻《邪许》歌，后段淋漓曲至，汉人乐府也。“身在”至“撑拄”，又转一意，与上下不蒙，或是重述来书中意。“生男”四句，用古歌辞。末语得性情之正。

[清]王士禛《古诗选》：曹子桓《燕歌行》、陈孔璋《饮马长城窟行》，皆唐作者之所本也。

[清]沈德潜《古诗源》：无问答之痕，而神理井然，可与汉乐府竞爽矣。

赏读

《饮马长城窟行》是汉乐府旧题，长城窟指的是长城侧畔的泉眼。陈琳，东汉末文学家，“建安七子”之一，才华被曹操看重。他的这首诗以秦代修长城史实为背景，采用汉赋常见的对话形式组成，是最早的文人拟作乐府诗之一，有较浓的民歌色彩。

早期的乐府拟作，还不像唐代那样自由不羁，诗的内容与题目紧密相关。诗人一开头就以“饮马长城窟”引入长城的场景，结果“水寒伤马骨”，不仅刺骨，更是透骨，甚至到了可以冻伤的程度。马骨寒，人亦寒，人心更寒，此情此景该是何等冰凉。一个“寒”，

一个“伤”，奠定了全诗的感情基调。

诗歌的主人公是一名因修长城而滞留的征夫，他找到长城的官吏，反对滞留，却被不耐烦地回应：“朝廷自有工期，你们只管喊齐劳作的口号，其他的不该你管！”征夫愤恨不已：“男儿来边塞，应当战死疆场，怎能在这里无休止地干苦力、直到抑郁而终呢？”

他沿着长城举目远望，看着太多和自己一样离家服役的男子，遥想他们家中应该也有一位苦苦等候的妻子。他写信给家妻，劝她改嫁，善待新公婆，只是别忘了我这个旧夫。尽管妇女“三从四德”礼数在汉代才定型，在秦代或许改嫁并不算违背礼法，但是诗歌的读者是汉人，征夫劝妻改嫁的行为，会给当时读者带来颠覆性的冲击，从而深切体会到征夫内心对回家的绝望。

面对妻子“你怎么能这么说”的控诉，征夫解释：“我已经归家无望，为何还要拖累你？只是切记，生男孩千万不要养，生女孩就要用肉哺育她。你没有看见啊，长城之下，死去的男儿骸骨相交叉！”妻子的回信也充满了情意：“既然与你结发夫妻，你在边关受苦，我又怎能只求自保呢？”或许正是两人都重情重义，才会结为夫妻，才能长久地深爱彼此。他们跨越千山万水，仍然情深义重，令人动容。但这样的温情，被繁重的徭役无情阻隔，更有力地控诉了徭役的罪恶。

七哀诗三首其一

汉·王粲（177—217）

西京乱无象，豺虎方遘患。
复弃中国去，委身适荆蛮。
亲戚对我悲，朋友相追攀。
出门无所见，白骨蔽平原。
路有饥妇人，抱子弃草间。
顾闻号泣声，挥涕独不还。
未知身死处，何能两相完？
驱马弃之去，不忍听此言。
南登霸陵岸，回首望长安，
悟彼下泉人，喟然伤心肝。

| 辑 评 |

［清］何焯《义门读书记》：“饥妇人”六句，杜诗宗祖。“驱马弃之去”六句，欲弃去而复顾念京师，然安得明王贤伯一拯此患乎。

［清］沈德潜《古诗源》：《七哀诗》，杜少陵《无家别》《垂老别》诸篇之祖。

赏读

王粲，是“建安七子”中文学成就最高的一位，与曹植并称“曹王”。他出身名门望族，博闻强识，据说有过目不忘的超强记忆力，作诗作文往往一挥而就。本篇写于初平三年（192），是年六月董卓部将在长安作乱，16岁的王粲逃往荆州，依靠刘表避难。从诗中可见，年少的王粲已经才华横溢，心怀天下。

东汉迁都洛阳，故而把旧都城长安称为西京，洛阳称为东京。长安已被董卓之乱闹得不成样子，诗人把作乱的部队骂为豺虎，体现他对为害百姓者的诅咒。五六句描述离别时亲友的不舍，这一别不知何时才能再见，再见时也不知是否阴阳两隔。走上逃亡之路，四野死气沉沉，只有森森白骨盖满了平原。曹操《蒿里行》也有“白骨露于野”的诗句，王粲与曹操的不同之处在于，他既描绘了大场景，又集中笔力写了一个小场景：一名饥饿的妇人，不得不抛弃自己的新生儿。骨肉最难割舍，更何况新母与幼儿，这里的妇人却不得不将孩子抛弃，不忍让他跟着自己饿死，这该有多么走投无路、心中该是多么绝望！死者白骨累累，生者痛苦悲戚，诗人对战乱的诅咒、对百姓的同情，由此体现。王粲感叹，自己终于明白为什么《诗经·曹风·下泉》的作者会如此怀念明君贤臣了，可如今，哪里还有这样的人呢？诗人只能望着荒野，肝肠寸断，然后继续走上自己的逃亡之路。

战城南

汉 · 佚名

战城南，死郭北，野死不葬乌可食。
为我谓乌：且为客豪！
野死谅不葬，腐肉安能去子逃？
水声激激，蒲苇冥冥；
枭骑战斗死，驽马徘徊鸣。
梁筑室，何以南？何以北？
禾黍不获君何食？愿为忠臣安可得？
思子良臣，良臣诚可思：
朝行出攻，暮不夜归！

| 辑 评 |

[清] 王夫之《古诗评选》：所咏虽悲壮，而声情缭绕，自不如吴均一派装长髯大面腔也。丈夫虽死，亦闲闲尔，何至赪面张拳？

[清] 陈本礼《汉诗统笺》：客固不惜一己殪之尸，但我为国捐躯，首虽离兮心不惩，耿耿孤忠，豪气未泯，乌其少缓我须臾之食焉。

赏读

《战城南》是一首汉乐府民歌，为战场上的阵亡者而作。汉朝时多次与匈奴交战，大量戍边的战士终生无法回家，这首《战城南》即抒发了他们的怨愤之情。

城南，郭北，庞大的地理空间，饱含了将士们四处奔波打仗的艰辛。古人非常重视死者的安葬，士兵的尸骨却被抛弃荒野，任由乌鸦啄食。乌鸦历来是不祥之鸟，代表黑夜与死亡。作者模拟死者的口吻，与无情的乌鸦商量：反正我已无人安葬，这一身腐肉都属于你了，只是能否为我回到故乡，送去几声哀号？试问，乌鸦又怎么能听得懂呢？这份无法被领会的传达，是他们心里挥之不去的惆怅。

水声激激，蒲苇飒飒，幸存的战马长嘶，仿佛都在为士兵们悲鸣。作者愤而指出，战争使得南北百姓都身处水深火热之中，从这一点来看，南北并没有区别。劳动力都被征来当兵，田地耕种不足，没有收获足够的粮食，士兵们吃什么？想要成为忠臣保家卫国，都难以实现啊！最后，诗人感叹战士们一去不复返，呼应开头士兵们战死，给全诗笼罩了更深重的悲哀氛围。

这是一首反映社会民生的民歌，以三言、四言、五言、七言错落杂糅而成，有一定的散文特色，使诗歌语言更显活泼。其中死者开口说话的部分，非常新奇，充满了浪漫主义色彩，与现实交相辉映。

白马篇

魏·曹植（192—232）

白马饰金羁，连翩西北驰。
借问谁家子？幽并游侠儿。
少小去乡邑，扬声沙漠垂。
宿昔秉良弓，楛矢何参差！
控弦破左的，右发摧月支。
仰手接飞猱，俯身散马蹄。
狡捷过猴猿，勇剽若豹螭。
边城多警急，虏骑数迁移。
羽檄从北来，厉马登高堤。
长驱蹈匈奴，左顾凌鲜卑。
弃身锋刃端，性命安可怀？
父母且不顾，何言子与妻？
名编壮士籍，不得中顾私。
捐躯赴国难，视死忽如归。

| 辑 评 |

［明］胡应麟《诗薮》：《名都》《白马》《美女》诸篇，辞极赡丽，然句颇尚工，语多致饰，视东、西京乐府天然古质，殊自不同。

［清］陈祚明《采菽堂古诗选》："参差"，字活。"左的""右发"，变宕不板。"仰手""俯身"，状貌生动如睹，而"俯身"句尤佳。"散马蹄"，"散"字活甚，有声有势，历乱而去，而马上人身容飘忽，轻捷可知。缀词序景，须于此等字法尽心体究，方不重滞。弃身以下，慷慨激昂。

［清］何焯《义门读书记》：所谓"闲居非吾志，甘心赴国忧"者也。

| 赏 读 |

《白马篇》是曹植创作的乐府新题。建安十二年（207），16 岁的曹植随父北征柳城（今辽宁朝阳），出发前作了这首《白马篇》。诗歌描绘一位武艺超群的边塞游侠儿，不惜生命渴望为国立功的壮志豪情，亦是曹植自身的写照。

装饰着金马具的白马，向西北纵情驰骋。能骑得起白马、用得起金羁的，必是贵族之后；良马择主，能驾驭此马的人，必定身手不凡。看似写马，实则写人，用了烘云托月的手法，像是一个特写镜头，充满了豪迈的气魄。清代沈德潜说，曹植诗"极工起调"，

此诗正是一例。

这个人是谁？正是边塞的游侠少年。他年纪轻轻离开家乡，在边塞大显身手、扬名千里。他日夜弓箭不离身，潜心精进武艺。“控弦破左的，右发摧月支。仰手接飞猱，俯身散马蹄。”月支、马蹄都是箭靶的名称，破、摧、接、散一连串具有爆发力的动词，从左、右、上、下四个角度全方位展现游侠少年的武艺高强。他比猿猴还要矫捷，比猎豹螭龙还要勇猛，证实少年“扬声沙漠垂”并非浪得虚名，也为他接下来为国效力的英勇做好铺垫。

接下来笔锋一转，边城紧急，胡虏侵袭，游侠少年策马登上高堤，投入战场。诗人虽只用“长驱蹈匈奴，左顾凌鲜卑”来叙述他的战场功绩，读者却可从前面描绘少年的高强武艺，来推测他在战场上的英姿。这样详略交错，不仅节省笔墨，更能突出重点，剪裁得当。

最后八句告诉读者，游侠儿之所以能克敌制胜，不仅是因为他武艺纯熟，更是因为他有着一往无前的豪情、有着不惜牺牲生命也要保家卫国的决心。由表及里，一个栩栩如生的英雄少年形象跃然纸上。这不仅是揭示游侠少年的内心世界，更是曹植自己慷慨激昂的心灵写照。

代出自蓟北门行

南朝·鲍照（414—466）

羽檄起边亭，烽火入咸阳。
征师屯广武，分兵救朔方。
严秋筋竿劲，虏阵精且强。
天子按剑怒，使者遥相望。
雁行缘石径，鱼贯度飞梁。
箫鼓流汉思，旌甲被胡霜。
疾风冲塞起，沙砾自飘扬。
马毛缩如猬，角弓不可张。
时危见臣节，世乱识忠良。
投躯报明主，身死为国殇。

| 辑 评 |

［清］沈德潜《古诗源》：明远（鲍照）能为抗壮之音，颇似孟德。

赏读

鲍照是南朝刘宋时期的杰出诗人。他才华横溢，风格飘逸豪放，擅长描绘自然风物，注重对仗和辞藻，世称“元嘉体”，有《鲍参军集》传世。他与谢灵运、颜延之并称“元嘉三大家”。

鲍照并没有边关生活的经历，却通过他天才的文人想象，写出《代出自蓟北门行》这样成功的边塞诗。边塞这一主题，在当时以玄言诗为主流的诗歌中十分可贵，为后来唐朝的边塞诗开辟了一种范式。

此诗入笔便写紧急战况入京城，一下揪紧了读者的心。出征的军队驻扎在广武（今山西代县西），兵分几路去增援北方，战事一触即发。羽檄是古代的紧急军事公文，文书插羽毛以示刻不容缓，抗战时期的“鸡毛信”或许源于这一传统。以秦汉都城咸阳来指代京城，为后来唐朝诗人大量的以汉代唐手法提供了先例。

严秋肃杀，弓弦和箭杆却因为深秋的干燥变得强劲有力，暗示士兵们的精神风貌。敌军强大又嚣张，天子听闻恨不得拔剑亲征，传递战报的使者络绎不绝，全国上下呈现出一片同仇敌忾的魄力。

军队如大雁一般有序地行军，如游鱼一般飞度凌空的桥梁，可见是多么训练有素、军心团结。以箫和鼓为主的军乐流露着对汉（即家乡）的思念，身上的铠甲却凝结着胡地的冰霜，听觉与视觉、心理与肉身、虚与实的结合，将士兵们出征的艰苦和思乡之情展现得淋漓尽致。此二联对仗之巧妙，对比之鲜明，与自然风物结合之贴切，充分体现出了鲍照诗的风格和水平。

抵达边塞，疾风“冲”起边关，暗示了战争的打响、条件的艰辛和士气的雄壮。由于劲风和苦寒，马毛根

根缩起如刺猬，画面感极其强烈，令人仿佛亲身体会到寒毛倒竖的酷烈凛冬。

最后两联既是议论性的总结，也抒发出誓死报国的豪迈情感。时局危急最能见证臣子气节，乱世最能历练出真正的忠良。愿将此身投报明君，就算为国而死也将成为光荣的国殇。在这里，鲍照继承了屈原《九歌·国殇》的传统，为诗歌结尾增添了一层源自上古传统的文化内涵，使得结尾更加丰富、更加有力。

白马篇

南朝·徐悱（？—525）

研蹄饰镂鞍，飞鞚度河干。
少年本上郡，遨游入露寒。
剑琢荆山玉，弹把隋珠丸。
闻有边烽急，飞候至长安。
然诺窃自许，捐躯谅不难。
占兵出细柳，转战向楼兰。
雄名盛李霍，壮气勇彭韩。
能令石饮羽，复使发冲冠。
要功非汗马，报效乃锋端。
日没塞云起，风悲胡地寒。
西征馘小月，北去脑乌丸。
归报明天子，燕然石复刊。

赏读

徐悱，南朝梁诗人，出身任职显赫，却以简朴著称。他在自己的《白马篇》里展现了心中抱负。这首诗明显受曹植《白马篇》的影响，在诗风绮靡的南朝，属清流一般的存在，令诗坛为之一振。

与曹植一样，徐悱也以奔腾的白马为切入点。研蹄、镂鞍、飞鞚都是精美的马具，河干即河岸。佩着精致马具的白马飞度河边，骑在马上的是意气风发的少年。少年来自豪侠辈出的上郡（今陕西、榆林一带），他带着上好的玉剑、弹珠，精良华美的武器尽显风姿。他自如地驱马跨越山水，要到寒冷的北方去。

与曹植不同，徐悱通过少年所用之物来展现他的风采，却重点着墨在他奔赴前方的表现。通过少年的外表，我们看到了他的不凡气度，却并没有接触到他的行为和内心。

边锋急报，给了我们一个接近主人公精神世界的机会。我们看到主人公虽是少年，却能说出“捐躯谅不难”这样的豪言。为了保家卫国，可以将自己的生死置之度外，正所谓“舍生取义也”。细柳，指细柳营，汉代名将周亚夫曾屯兵细柳，军纪森严，连天子入营都要严守纪律，后来便用细柳营泛指纪律严明的军营。少年进入军营，随军转战楼兰。他出色的表现扬名在

外，甚至胜于李广、霍去病，他雄壮的气概直逼彭越和韩信，他有像李广射石那样有一箭射穿石头的力量，他也有冲天的气势，怒发冲冠令敌人见之胆寒。虽然前面铺陈了少年的各种精良装备，但是到了这里，诗人才揭示了他常胜的秘密：他并不是依靠装备的功劳，而是靠纯熟的武艺和不灭的忠诚，才铸就了累累战果啊。由此，一个爱国少年的形象，竖立在我们眼前。

诗的最后，以主人公的胜利归来为收束。“日没”“风悲”，边地苦寒，战争悲壮，一将功成万骨枯。少年随军南征北战，立下赫赫战功，荣归故里。馘（音“国”），古时战争以割取敌军左耳计数献功，小月指小月氏，汉初西域国名；乌丸，又称乌桓，东胡的一支，“脑乌丸”为取乌丸头领首级之意。燕然石刻，东汉将军窦宪大破北匈奴，登燕然山刻石勒功，后用来指战争取得胜利、名垂青史。

此诗大量使用典故，比起曹植的浑然天成，徐悱则显雕琢、文人味更浓。这是南北朝诗人惯用的手法，也是时代赋予徐悱诗的印记。在崇尚华靡文风的南北朝，这样一首展现抱负、豪气冲天的边塞诗，无疑令人惊喜，“在尔时已为高响”（沈德潜《古诗源》），至今仍有感人肺腑的魅力。

关山月

南朝 · 徐陵（507—583）

关山三五月，客子忆秦川。
思妇高楼上，当窗应未眠。
星旗映疏勒，云阵上祁连。
战气今如此，从军复几年。

赏读

徐陵，字孝穆，南朝梁陈时期著名宫体诗人，编纂宫体诗集《玉台新咏》，是当时文坛上的领袖人物，历史上称他为“一代文宗”。梁武帝太清二年（548），徐陵奉命出使东魏，却因侯景之乱，被迫留在邺城达七年之久，不得南归，因此其诗风有所变化，写出了一系列富有真情实感的诗篇。《关山月》就是这一时期所作的描写边塞风光的诗。

“关山月”是乐府《横吹曲》题，徐陵以古题吟咏古事。“三五月”指的是阴历十五的月亮，月圆之时最思乡，在外的征人回忆长安，对于徐陵，又何尝不是思念已落入敌方的故土、思念曾经的盛世呢？视线转移到遥远的家乡，家里的妻子应当在倚楼遥望，无法入眠吧。一个“应”字体现所说非所见，而是主人公自己的联想。这里或许残存着徐陵早年宫体诗的写作经验，但是放在边塞诗中，刚柔并济，更觉丰富。

星旗，是指旗星，古人认为旗星主战，在它的照耀下往往预示着战事发生。“星旗映疏勒”，说明疏勒有战事；“云阵上祁连”，则说战前的浓云已经漫上了祁连山。天象纷纷意味着边关战事不休，征人自问，自己还将从军多少年呢？没有人知道，也看不到希望。这与诗人身困邺城、不知何时能回家的遭遇相符合，征人的心境，也是自己的心境。

木兰诗

北魏·佚名

唧唧复唧唧，木兰当户织。
不闻机杼声，惟闻女叹息。
问女何所思，问女何所忆。
女亦无所思，女亦无所忆。
昨夜见军帖，可汗大点兵。
军书十二卷，卷卷有爷名。
阿爷无大儿，木兰无长兄。
愿为市鞍马，从此替爷征。
东市买骏马，西市买鞍鞯，
南市买辔头，北市买长鞭。
旦辞爷娘去，暮宿黄河边。
不闻爷娘唤女声，但闻黄河流水鸣溅溅。
旦辞黄河去，暮至黑山头。
不闻爷娘唤女声，但闻燕山胡骑鸣啾啾。
万里赴戎机，关山度若飞。
朔气传金柝，寒光照铁衣。
将军百战死，壮士十年归。
归来见天子，天子坐明堂。

策勋十二转，赏赐百千强。
可汗问所欲，木兰不用尚书郎，
愿驰千里足，送儿还故乡。
爷娘闻女来，出郭相扶将；
阿姊闻妹来，当户理红妆；
小弟闻姊来，磨刀霍霍向猪羊。
开我东阁门，坐我西阁床。
脱我战时袍，著我旧时裳。
当窗理云鬓，对镜帖花黄。
出门看火伴，火伴皆惊忙：
同行十二年，不知木兰是女郎。
雄兔脚扑朔，雌兔眼迷离；
双兔傍地走，安能辨我是雄雌？

| 辑 评 |

［清］陈祚明《采菽堂古诗选》：木兰诗甚古。当其淋漓，辄类汉魏，岂得以唐调疑之。此诗章法脱换，转掉自然。凡作长篇不可无章法，不可不知脱换之妙。此诗脱换又有陡然竟过处，无文字中，含蓄多语，弥见高老。

|赏读|

《木兰诗》是一首著名的北朝民歌，讲述了传奇女子花木兰替父从军的壮举。从诗歌用词来看，很可能后来已经过文人加工，但依然保留了容易诵读的民歌特色。这首诗节奏明快，围绕着“木兰是女郎”展开，更多地着墨于生活场景、儿女情怀，充满了浪漫色彩。《木兰诗》描绘人物情态非常生动，使作品具有强烈的艺术感染力，它与《孔雀东南飞》并称“乐府双璧”。

故事以木兰当窗织布的声音开场，我们听到更多的却不是织布声，而是女儿的叹息。为何叹息？问得那样关切，木兰也只是平静地回答“没有事”，可见她沉着刚强的个性。她的心中可能已暗暗做好了决定。原来，昨夜可汗点兵的军册上，写着自家父亲的名字。可父亲老迈，也还没有成年的儿子，家中唯有木兰支撑门户。木兰决定，要替父从军。

木兰到各个集市，买好了从军的装备，骏马长鞭，英姿飒爽。她辞家远去，旦行暮宿，在这里，诗歌将家乡与黄河、黄河与黑山、燕山几个相隔甚远的地方，都浓缩在朝夕旦暮之间，仿佛无声的快镜头，极言征途的漫长、行军的急迫。黄河的怒涛、燕山的胡骑，代替了爷娘唤女声，从家庭的温暖到边塞的严峻，女战士的勇敢和悲壮，便从这气氛的变化中体现。

花木兰长年的戎马生涯，却凝聚在了六句之中。

“万里赴戎机，关山度若飞”写的是战事之急，“万里”写出边塞辽阔，“飞”则动态美十足，体现战地如此广阔，军人却异常奋勇，极具气势。“朔气传金柝，寒光照铁衣”则静态地写征战的严寒辛苦，尤其在夜色苍茫之中，更令人思乡深切。“将军百战死，壮士十年归”，死去者之多，反衬包括木兰在内的凯旋者该是多么不易。尽管只有六句，但已经高度概括了木兰的从军生涯，既富有内涵，又不致篇幅太长而喧宾夺主。

天子即可汗。木兰领赏时，正是她回归女儿身的萌芽。面对高额的赏赐，她拒绝为官，思家心切，归心似箭。她终于回到故里，诗歌浓墨重彩描写了这一情节。爷娘老迈，出城迎接；阿姊恪守闺阁之礼，以红妆相迎；小弟杀猪宰羊，准备一场喜庆的迎接。三个排比，长幼有序，深谙传统礼俗之美。接着详尽写了木兰梳妆打扮、换回女儿装的过程，她在给自己打扮的时候，心里该有多欣喜、多快乐呀。她满意地出门，迎接前来祝贺的战友，笑着看战友惊愕不已的反应，最后的部分可以看作是木兰对战友的回应：雄兔雌兔分开还好辨别，可它们一起跑的时候，你还能辨得清谁是谁吗？机智幽默的回答，充满少女的机灵和一点淘气，也侧面体现出木兰不输于男儿的气魄和韧性。

敕勒歌

南北朝·佚名

敕勒川，阴山下。
天似穹庐，笼盖四野。
天苍苍，野茫茫，
风吹草低见牛羊。

|辑 评|

［金］元好问：慷慨歌谣绝不传，穹庐一曲本天然。中州万古英雄气，也到阴山敕勒川。

［明］胡应麟：此歌成于信口，正在不能文者以无意发之，所以浑朴苍莽，使当时文士为之，便欲雕缋满眼。

赏 读

这是一首诞生于南北朝时期的北方民歌，一般认为它是由鲜卑语翻译成汉语的。《敕勒歌》最早见于《北史·齐本纪》，据记载，北齐开国皇帝高欢进攻西魏而败，军中谣传他已中箭身亡。高欢带病设宴，并命斛律金唱《敕勒歌》，以振军心。

这首民歌以非常朴实的语言，勾勒了一幅富庶的北国风光图。敕勒川是敕勒人生活的地方，在今天的河套平原至土默川一带，这里水草丰美，气候宜人，是理想的牧民聚居地。民歌不作任何修饰，开门见山，以高亢的语调直接叙述：敕勒人民生活的地方啊，在阴山脚下，天如同巨大的穹庐，笼罩着四面八方。简单几笔，就勾勒出了天阔地平、无遮无拦、恢宏壮美的草原景象，透露出敕勒人民直率强健的性格特征。“天苍苍，野茫茫”，承接上句，进一步描绘天地的色彩，并运用叠词，极力表达出天空湛蓝、草原碧绿、天地广阔。蓝与绿，一个充满辽阔感，一个充满生命力，让读者体会到敕勒川天地迴远，敕勒人胸襟博大。最后一句堪称点睛之笔，牛羊在草场中若隐若现，写出了气候温和、微风拂动，也说明草高而密，在这样的草原上放牧的牛羊，自然数量多、质量好。在这样的草原中生活的牧民，自然生活富足、其乐融融。

整首民歌浑然天成，语言质朴，以意取胜，历来为众多诗家学者称赞。

拟咏怀二十七首 其七

北周·庾信（513—581）

榆关断音信，汉使绝经过。
胡笳落泪曲，羌笛断肠歌。
纤腰减束素，别泪损横波。
恨心终不歇，红颜无复多。
枯木期填海，青山望断河。

|赏读|

庾信，名子山，15岁便进入梁朝太子萧统的东宫，和徐陵共事，作了许多绮丽的宫体诗赋，世称徐庾体。后来他奉命出使西魏，来到长安，谁知西魏发兵攻陷江陵，庾信被滞留长安。他经历了改朝换代、颠沛流离之苦，作《拟咏怀》二十七首，叙述身世，写得悲壮苍凉，颇具特色。杜甫曾云“庾信平生最萧瑟，暮年诗赋动江关”。庾信长于用典，讲究对仗和声调，有些诗已暗合唐代五言律诗和绝句的格律，给予了唐代诗歌不少启发。

榆关即山海关，这里泛指北方边关。汉使，汉朝的使者，这里以汉代梁，后来的唐诗大量以汉代唐或许也是受庾信的影响。边关音信全失，没有使者传递消息，在未知中很容易诞生悲观和恐慌，独自一人的庾信更无从诉说。此时，胡笳声声、羌笛曲曲，在他听来都只剩下“落泪”“断肠”。五到八句，庾信以女子的口吻述说自己的凄凉：本就纤细的腰身，因为思念过度而更加消瘦，腰带都减了不少；常常悲伤流泪，以至于有损曾经的盈盈眼波；这种遗恨不会停歇，自己的容颜也只能日渐衰老。这多少留存着当年创作宫体诗的影子，只是那时的庾信应该不会想到，自己在优渥条件下所写的凄迷句子，居然成了晚年的写照。最后，庾信连用了两个典故：“枯木期填海”说的是《山海经》记载的精卫填海故事，“青山望断河”则是《水经注》中河神劈开华山给黄河流过的传说。期待着用枯木填海，期待着山体能够挡住黄河，这都是不切实际的想法，正如自己南归的心愿，是永远无法实现了。全诗五联皆为对偶，音韵和谐，犹如唐诗，其中以思妇自比，颇有屈原《离骚》香草美人的传统意味。

雨雪曲

南朝·江总（519—594）

雨雪隔榆溪，从军度陇西。
绕阵看狐迹，依山见马蹄。
天寒旗彩坏，地暗鼓声低。
漫漫愁云起，苍苍别路迷。

赏读

江总，梁陈隋之际诗人，文辞华美，擅长艳诗。他的诗深受梁武帝赏识，武帝重用于他，最后官至宰相。可他身居要职，却不理政务，终日与陈暄、孔范等陪陈后主游宴后宫、吟作艳诗，荒淫无度，当时谓之狎客。

偏安南方的江总，不可能有与边塞相关的生活经历，他的这首边塞诗拟写从军路迷的场景，也隐隐有着宫体诗的浓艳痕迹。但因为他着墨于小场景下的个人情感，使得诗歌的表达不至于空洞，反而曲折婉转，别有一番风味。

首联破题，叙述大雪隔绝了边关，主人公从军经过陇西。陇西既是边塞的典型地点，也有坟墓的含义，暗示战争的残酷。次联进一步写出边塞的荒凉，茫茫大雪中，只见到狐狸的足迹和身后马蹄的印子。从上古开始，中国便有狐死必首丘的传说，说的是狐狸死的时候，它的头必然朝着自己洞穴的方向，以比喻对故乡、祖国的怀念。这里的狐迹，暗合了狐死首丘的传说，暗示着主人公的思乡之情。三四联则渲染了四野的萧条、沉闷，“漫漫愁云起”何尝又不是内心愁云的浓重，“苍苍别路迷”何尝又不是对自己前路的迷茫。诗人借景抒情，将一位行军人的孤独、思念、迷茫之情融合在所见之景中，至此，全诗完成了情景相融、不分彼此的表达效果。

从军行

隋·卢思道（531—582）

朔方烽火照甘泉，长安飞将出祁连。
犀渠玉剑良家子，白马金羁侠少年。
平明偃月屯右地，薄暮鱼丽逐左贤。
谷中石虎经衔箭，山上金人曾祭天。
天涯一去无穷已，蓟门迢递三千里。
朝见马岭黄沙合，夕望龙城阵云起。
庭中奇树已堪攀，塞外征人殊未还。
白雪初下天山外，浮云直向五原间。
关山万里不可越，谁能坐对芳菲月。
流水本自断人肠，坚冰旧来伤马骨。
边庭节物与华异，冬霰秋霜春不歇。
长风萧萧渡水来，归雁连连映天没。
从军行，军行万里出龙庭，
单于渭桥今已拜，将军何处觅功名。

赏读

古乐府《从军行》大多描绘军旅生活的艰辛和两地相思的痛苦，本篇也是如此。卢思道的仕途跨越北齐、北周和隋朝，凭借才华得到不同君主的重用。北齐宣王逝世时，朝臣每人各作挽歌十首，择善而用，最终入选的诗篇有八成出自卢思道之手，时人称之“八米卢郎”。

随着隋文帝统一南北的进程，卢思道的诗风也逐渐融合了南北两地的特色。这首《从军行》以“天涯一去无穷已”为界，前半部分讲述将军的征战豪情，后半部分渲染思妇的愁思百结。甘泉是汉代宫殿，“飞将”即飞将军李广，一“飞”一“出”，把将军的骁勇果断刻画得干脆利落。诗中还化用了李广射石、霍去病金人祭天的典故，以汉朝自称的作诗习惯在此已隐约成型。前半部分以“天”结尾，后半部分以“天”开头，顶针句朗朗上口。从将领到凡人，从战场到家乡，从集体到个人，思妇的担忧牵挂，给战场蒙上了悲壮的人文色彩。最后的总结句，龙庭是匈奴祭天之地，军至龙庭，说明匈奴已降，将军无须再建功，征人也该凯旋了吧？全诗在喜悦的期盼和昂扬的自信中结束，令人读后荡气回肠。

本篇既有将军出战的豪迈，也有思妇愁肠的婉转，南北诗风的融合，呈现出更加开阔的风貌。

饮马长城窟行

隋·杨广（569—618）

肃肃秋风起，悠悠行万里。
万里何所行，横漠筑长城。
岂合小子智，先圣之所营。
树兹万世策，安此亿兆生。
讵敢惮焦思，高枕于上京。
北河见武节，千里卷戎旌。
山川互出没，原野穷超忽。
撞金止行阵，鸣鼓兴士卒。
千乘万旗动，饮马长城窟。
秋昏塞外云，雾暗关山月。
缘严驿马上，乘空烽火发。
借问长城侯，单于入朝谒。
浊气静天山，晨光照高阙。
释兵仍振旅，要荒事万举。
饮至告言旋，功归清庙前。

赏读

隋炀帝杨广赴西北巡视张掖之时，写下了这首《饮马长城窟行》。此诗诗风广阔，既颂扬了修长城的历史功绩，也表达出隋朝军队的强大威势，更体现了作为一国之君的自豪与魄力，是隋炀帝写得最好的诗。

诗歌前四联，描写了肃肃秋风、万里荒漠的背景，而长城就盘踞在这样阔大苍凉的背景之上，从遥远的历史走来。在这样宏伟的智慧结晶面前，杨广也表现出了对历史的谦卑，发出了“哪里是我的智慧，分明是先圣的苦心经营，才能留下这福泽生灵的万世功绩”的感慨。

接下来由古入今，转折非常自然：在这样坚固的屏障保卫下，面对外寇，自己却不敢在京城高枕无忧，更要精心操练军力。“千里卷戎旌”的壮观场面，随金而止、随鼓而动训练有素的风貌，“饮马长城窟”的不畏艰险，都是隋炀帝军备自信的来源。

秋天主兵相，或与秋天战马肥壮、适合作战有关。隋炀帝以秋为边塞诗背景，体现出这位开疆拓土的帝王对军事的了解。一般来说，雄才大略的帝王留下的作品，与其说文辞动人，不如说在气势上更胜一筹，如刘邦的《大风歌》、项羽的《垓下曲》、汉武帝《秋风辞》等，语言虽质朴，但凭着凌云的气魄，加上历史故事的加成，自有一种震撼人心的独特艺术风格。

饮马长城窟行

唐 · 李世民（598—649）

塞外悲风切，交河冰已结。
瀚海百重波，阴山千里雪。
迥戍危烽火，层峦引高节。
悠悠卷旆旌，饮马出长城。
寒沙连骑迹，朔吹断边声。
胡尘清玉塞，羌笛韵金钲。
绝漠干戈戢，车徒振原隰。
都尉反龙堆，将军旋马邑。
扬麾氛雾静，纪石功名立。
荒裔一戎衣，灵台凯歌入。

| 辑 评 |

［唐］李元吉：好诗！古来帝王，写此《饮马长城窟行》甚多，没有一个人能比得上二哥。

［明］蒋仲舒《唐诗广选》：唐初大雅。

赏读

唐太宗李世民的《饮马长城窟行》写于贞观二十年（646）平定宋金刚之乱时，诗中所写应是诗人亲眼所见。这首诗没有直写战场的英姿，而是着重写了战争的发生、发展和凯旋的过程，可以说是一首记录当时事件的历史诗。

在塞外悲风中，唐太宗率众履冰渡河，一个“切”字，既包含寒风凄切的凛冽感，又是风声如泣催人心肝的写照。瀚海即沙漠，无垠的黄色沙漠涌起百重波涛，千里阴山银装素裹，大片明晰的色块，广阔的视野，颇有指点江山的气度。远方烽火急报，层叠的山峦仿佛引导军旗前进，而接下来随着旌旗飘动，李世民做了前人不敢做的壮举——“饮马出长城”！他敢于走出史上最坚固的防御工事，大有雄霸天下的野心！

走出长城之后是怎样的景象？虽然北风企图阻挡行军进程，但是胡虏扬起的尘埃已被清理出玉门关，羌人吹笛敲锣，载歌载舞——分明是一副安宁祥和的模样，这是军队得胜后，当地百姓在欢迎他们到来，可见唐太宗的民族政策深得人心。战事已定，军队凯旋，车马声震动原野，军旗扬起自信的气氛。诗的最后，唐太宗自信地说出，以大唐的强盛，在荒野边疆只需一人驻守，敌军都不敢来犯，朝廷都可以凯歌高奏。历史证明，李唐全盛之时，确如诗歌所说，边境安宁，四方宾服。

梅花落

唐·卢照邻（635？—689？）

梅岭花初发，天山雪未开。
雪处疑花满，花边似雪回。
因风入舞袖，杂粉向妆台。
匈奴几万里，春至不知来。

赏 读

卢照邻，初唐四杰中最年长的一位，也是身世最坎坷的一位。他博学能文，却一生不顺。曾因事入狱，经友人救护才脱离牢狱之灾。后来隐居太行山，感染风疾，服丹药中毒，四肢瘫痪。辗转隐阳，得友人资助盖园，居然自己挖好坟墓，僵卧其中。最后不堪身心折磨，自投水而死。

卢照邻没有边塞生活经历，这首诗是他看到冬天梅岭的梅花，遥想边塞的雪，有感而作。在诗人眼里，眼前真实的白梅花和遥远的想象中的边关雪融为一体，不知谁是梅、谁是雪，谁是真、谁是幻。雪白的花瓣飘进舞女的袖中，飘向闺妇的妆台，仿佛边塞和中原已然合一。可梦一旦醒来，现实的阻隔依然无情地摆在眼前，远处的征人仍然在千山万水之外，在那个感受不到春天的地方，辛苦征战，不知归期。这种恍然一梦的失落，这种假作真时真亦假的幻觉，值得细细咀嚼。

虽然梅和雪在诗中短暂地混淆，但他们所处的完全是两个不同的世界：匈奴的冬天酷烈严寒，中原的冬天婉约动人。诗人由联想成诗，故意把想象和现实、边塞与中原混在一起，遥远的空间阻隔的两片风景，在这种亦真亦幻的想象中不分彼此，给人以超越时空的别样美感。

雨雪曲

唐·卢照邻（635？—689？）

虏骑三秋入，关云万里平。
雪似胡沙暗，冰如汉月明。
高阙银为阙，长城玉作城。
节旄零落尽，天子不知名。

| 赏 读 |

卢照邻一生悲苦，虽然没有真正体会过边塞生活，但他也可以从自己的人生痛苦中汲取养分，以真情实感赋予想象的场景中，达到真实动人的表达效果。

这首诗的显著特征，是包含了一个戏剧化的冲突，两个自相矛盾的世界在此混合。在胡虏连年入侵的地带，边关的云彩居然万里平静。这片平静的天空下，诗人着力刻画了一个粉雕玉砌的月夜冰雪图：大雪在夜色中发暗，仿佛胡地的沙漠，宁静安详；凝结的坚冰，就如同汉地的明月，清亮动人。高耸的城墙如同白银砌作，蜿蜒的长城犹如白玉，美得不似人间场景。通常律诗中连发音相近的字都要避免，可卢照邻这首诗的颈联连续用了两个“阙”两个“城”，亦不觉多余重复，这种打破常规的作诗方式，需要丰厚的文才底蕴支撑。

就在这片看似如此唯美的场景中，承载着一大片战争的罪孽，多少旌旗在此陨落，多少忠魂在此埋葬，而远在长安的天子，只顾着自己的政治诉求，永远不关心这些为国捐躯者的名字。我们看到，宁静的唯美与死亡的阴沉，共存在同一幅画卷中，这便是我们所说的戏剧性冲突。诗人不直接写战争，反而描绘这场死寂的美景，景物默默无声，客观无情，却是对战争最好的控诉。

晚度天山有怀京邑

唐·骆宾王（638？—684）

忽上天山路，依然想物华。
云疑上苑叶，雪似御沟花。
行叹戎麾远，坐怜衣带赊。
交河浮绝塞，弱水浸流沙。
旅思徒漂梗，归期未及瓜。
宁知心断绝，夜夜泣胡笳。

赏读

骆宾王，与王勃、杨炯、卢照邻并称“初唐四杰”，曾因拟讨伐武则天的《讨武曌檄》反获女皇帝赏识，可见其文才之盛。骆宾王的五言律诗精工整练，七言歌行却又铺排圆转，被誉为“绝唱”。这首诗是诗人从军西域所作，他远赴边塞是为了更好地进入仕途、一展抱负，同时因为归期渺茫、怀念京城，自信与焦虑同时在他心中杂糅，这首诗便是他的内心写照。

物候的变化给人的感受是最直观的。诗人登上天山路，一个“忽”字写出了他猝不及防的陌生感，由这股陌生衍生出来的，是对熟悉的京城物华的怀念。在这份怀念的笼罩下，诗人眼里的云彩，都是上林苑的枝叶，眼里的积雪，都是护城河的繁花。他感叹军旗所经之处的遥远，可怜自己衣带松弛、人已消瘦，环顾周遭，交河流向荒凉的边塞，弱水里流动着细沙，一切都和京城的繁华大不一样，难怪诗人又叹又怜了。这样的旅途犹如飘摇不定的木偶，任由摆弄也不知前路如何，说到归期，又没有到瓜熟蒂落、功成名就之时，怎么能白白回去呢？宁可断绝念想、夜夜听着胡笳思乡，也不能两手空空、无所事事地回去。尽管全诗笼罩着焦虑、惆怅，但细细品来，诗人有放弃的权利，却依然不愿一事无成，坚持走着那条难走的路。这种迎难而上的勇气，又怎么不值得我们钦佩呢？

夕次蒲类津

唐·骆宾王（638？—684）

二庭归望断，万里客心愁。
山路犹南属，河源自北流。
晚风连朔气，新月照边秋。
灶火通军壁，烽烟上戍楼。
龙庭但苦战，燕颔会封侯。
莫作兰山下，空令汉国羞。

|辑 评|

［明］陆时雍《唐诗镜》：“新月照边秋”，语有爽气。

赏读

咸亨元年（670），吐蕃入侵，薛仁贵出征西域，骆宾王也加入军中。这首诗大约写在薛军败于大非川之后，骆宾王随军辗转，在蒲类津（今新疆巴里坤湖东南岸）就地宿营的夜晚有感而发。

诗歌起始便笼罩在败仗后的失落中：边庭回归的希望暂时被断绝，作为一个不甘平庸、关心国家命运的诗人，又怎么能不发愁、不担忧呢？身后的山路依然连接着广阔的中华大地，眼前的黄河却流向了异族领土，而那些领土本应属于中国。诗人不仅叙述眼前所见，更是表达了士兵们正像这黄河水一样，奋不顾身地向北挺进，保卫身后国土的气魄。

接着，诗人渲染秋夜的寒凉，衬托心境的寒凉。夜空下，军营炊事的灶火连成一片，十分壮观。突然升起的烽烟，预示着又一场战事即将打响，显示战场情形的多变和紧急。

东汉的班超曾在蒲类津立下功勋，诗人渴望能借历史人物留下的光环，带领军队赢得胜利。就算失败，李陵败后拒绝投敌的先例也摆在这里，同样可以扬我国威。据《旧唐书·薛仁贵传》记载，将军郭待封傲慢，不听薛仁贵指挥，导致延误战机吃了败仗，这首诗也有影射此事之意。全诗情感真挚，败后悲愁的主色调里又透露着骄傲，用典自如流畅，准确地表达出诗人忧心国家和个人命运、渴望建功立业的感情。

从军行

唐·杨炯（650—695？）

烽火照西京，心中自不平。
牙璋辞凤阙，铁骑绕龙城。
雪暗凋旗画，风多杂鼓声。
宁为百夫长，胜作一书生。

| 辑 评 |

［明］陆时雍《唐诗镜》：浑厚，字几铢两悉称。首尾圆满，殆无余憾。

［明］王夫之《唐诗评选》：裁乐府作律，以自意起止，混合入化。

［清］贺裳：杨盈川诗不能高，气殊苍厚。“宁为百夫长，胜作一书生”，是愤语，激而成壮。

赏读

杨炯，初唐四杰之一，擅长五律，以边塞诗闻名。时人按初唐四杰的才华和知名程度，排序为“王杨卢骆”，杨炯恃才傲物，对此十分不满，自认为应当超过王勃、排在榜首。

此诗虽以古乐府为题，却是一首新创作的五言律诗。唐高宗年间，吐蕃、突厥在甘肃一带多次来犯，礼部尚书裴行俭奉命出师征讨。杨炯此诗表达了关心国家命运、愿意从军出征的壮志豪情。另一说法，如唐汝询在《唐诗解》中所说，杨炯看到朝廷重武轻文，心中有所不平，故作此诗抒发不满。

边报传来，烽火即将燃至长安，战事吃紧，诗人心中自然跌宕不平。他看着将军手持牙璋（兵符，因分为两块、交合处为锯齿状，故称），辞别皇宫，率领军队走向匈奴腹地。此联不仅两句相对，句中也形成对仗，牙璋对凤阙，铁骑对龙城，典雅的用词、严谨的对仗、雄浑的意象展现出排山倒海的气势。行军途中，大雪黯淡了画旗的鲜艳色彩，疾风吹得出击的鼓声都听不明晰，但军队仍然迎难而上、一往无前。诗的最后，杨炯发出了一个立志赴边的诗人的愿望：宁可只做军队里统领一百人左右的百夫长，也胜过做一个偏安一隅、手无缚鸡之力的文弱书生！这样的愿望，展现的是诗人不甘平庸、报效国家的热忱，展现的是一种国家的荣誉感、一种大国的民族自信。

边词

唐·张敬忠（？）

五原春色旧来迟，二月垂杨未挂丝。
即今河畔冰开日，正是长安花落时。

|辑 评|

［明］钟惺、谭元春《唐诗归》：钟云：只叙时物，许多情感，三百篇《草虫》等诗之法也。谭云：风土诗。

俞陛云《诗境浅说续编》：凡作边词，每言塞外春迟，而各人诗笔不同。王之涣诗“羌笛何须怨杨柳，春风不度玉门关”，推为绝唱，然张诗自有初唐质朴之气。

刘永济《唐人绝句精华》：此边词而不言边塞之苦，但用对比手法，将“河畔”与“长安”两相形，而意在言外，且语意和平，可想见唐初国力之盛。

赏读

张敬忠，唐代诗人，生卒年不详，唐中宗至唐玄宗时期在世，《全唐诗》仅录其诗二首。这首《边词》应当是张敬忠在神龙三年（707）左右，于军中任职时所写，诗中对比边塞和中原迥然不同的物候，充满自然趣味，情感表达含蓄，耐人寻味。

五原，今内蒙古五原县，张仁愿所筑西受降城即在附近。五原的春光向来都迟，这一句统领全诗，给诗人、读者提供了心理预期。仲春二月，中原已经是花红柳绿，边塞的垂杨却连嫩芽都未长出。诗人抓住垂杨柳这一典型的春天意象，同时也包含送别、思念之意，给人别样的感受。封冻的黄河坚冰裂开，春意慢慢来到边塞，想来此时，长安正逢暮春，应是落花时节了。和前两句相比，后两句在物候上体现出时间的变迁。冰河解冻，春水涨起，令人心生希望；而落花有意，流水无情，又令人思念熟悉的家乡。诗人虽心怀念想，诗中却不见悲天悯人，背后是唐初的强盛带来的底气。对边塞春迟的新奇和喜爱，以及对家乡的怀念，在这些物候的对比之中，熔于一炉，表达得既形象生动，又含蓄蕴藉。

幽州夜饮

唐·张说（667—730）

凉风吹夜雨，萧瑟动寒林。
正有高堂宴，能忘迟暮心？
军中宜剑舞，塞上重笳音。
不作边城将，谁知恩遇深！

|辑 评|

［明］唐汝询《唐诗解》：此有不乐居边意。……不作边将，安知天子宠遇乎？自宽之词也。

［清］王夫之《唐诗评选》：一气顺净。

［清］卢麰、王溥《闻鹤轩初盛唐近体读本》：满腔萧瑟之感。五六“剑舞”“笳音”，亦见止此或堪自遣耳。结故缴言边城不若内臣之恩遇，章法最有开拓。

赏 读

张说，初盛唐之际文学家，官至宰相，曾因与姚崇不和被贬至边关，后又官复原职，这首诗就是他在边关夜宴后所作。张说文笔雄健、才思敏捷，朝廷重要的文诰多出其手，与许国公苏颋并称“燕许大手笔”。他尤其擅长碑文、墓志的写作，其诗除应和奉承之外，还有不少佳作传世。

宴饮本是欢乐的场景，心有郁结的诗人却从寒凉的夜色起笔，眼前的热闹似乎与他无关，他只看到窗外凉风夜雨，寒林潇潇，感到寒意刺骨。高堂正在举行宴会，他却忘不了自己被贬的不公，忘不了对自己年纪已长、不知余生还能否建功立业的担忧。随着宴会走向高潮，军中剑舞，塞上胡笳，他虽打起精神欣赏，却在听到哀怨的胡笳声时，又被愁云笼罩心头。曾经身处权力中心的他，如今身处荒凉之地，今昔对比何其鲜明，落差如此之大，很难让人接受。他发出感慨：不到遥远的边关地带，怎么能切身体会当年皇帝的恩遇有多好呢？字里行间，表达着自己远离权力中心的惆怅不平，以及重新回到朝廷的渴望。

凉州词二首 其一

唐·王翰（687—726）

葡萄美酒夜光杯，欲饮琵琶马上催。
醉卧沙场君莫笑，古来征战几人回。

辑评

［宋］洪迈《唐人万首绝句选评》：气格俱胜，盛唐绝作。

［明］王世贞《艺苑卮言》：“葡萄美酒”一绝，便是无瑕之璧。盛唐地位不凡乃尔。

［清］徐增《而庵说唐诗》：此诗妙绝，无人不知，若非细细寻其金针，其妙亦不可得而见。……若论顿挫，“葡萄美酒”一顿，“夜光杯”一顿，“欲饮”一顿，“琵琶马上催”一顿，“醉卧沙场”一顿，“君莫笑”一顿，凡六顿，“古来征战几人回”则方挫去。夫顿处皆截，挫处皆连，顿多挫少，唐人得意乃在此。

赏读

王翰，字子羽，唐朝著名边塞诗人。史载王翰才华横溢，诗多豪放壮丽之句，如今却多已散佚，也无诗集流传，《全唐诗》仅存下其诗歌14首，实为可惜。

王翰今存《凉州词》二首，此为其一。正如标题“凉州”一般，此诗非常具有地方特色：葡萄酒、夜光杯、琵琶，无不是西域的特色产物，营造出五光十色、热烈豪迈、具有异域风情的盛大筵席场景。

将士们身处这样的筵席中，身心都受到了欢快热烈氛围的影响，正欲一饮葡萄美酒，声声琵琶奏响了酒宴的开章，急促激昂的乐声仿佛在催促他们举杯痛饮。西域的琵琶是骑在马上演奏的，充满边塞的军旅特色，美酒恰逢助兴，琳琅满目，音声相和，筵席的气氛瞬间沸腾起来。

在这一片欢腾之下，将士之间彼此劝酒，一边畅饮一边说：今夜一定要一醉方休，醉倒在战场上又有何妨？反正从古至今的征战，士兵们都是抱着必死的决心上战场，有谁还准备活着回来呢？由此我们才知道，这一场醉生梦死的欢腾，实际上是笼罩在马革裹尸、一战不归的死亡阴影下的。但是，从这首诗中我们读到的，是悲而不哀，是苦中作乐，是为国而战、视死如归的豪情壮志，是向死而生的豁达胸襟。这便是属于盛唐边塞诗歌的磅礴气象。

凉州词二首 其二

唐·王翰（687—726）

秦中花鸟已应阑，塞外风沙犹自寒。
夜听胡笳折杨柳，教人意气忆长安。

赏读

王翰的《凉州词》第二首，写士兵听到胡笳演奏的《折杨柳》，心中泛起了思乡之情。关中的春花应该已谢，春鸟也应停下了啼鸣，中原入夏，可塞外风沙依然透着森森的寒冷。物候的落差给人带来了不适，而这份不适正是勾起思乡的引子。一个“应”字，说明中原的花鸟阑珊不是亲眼所见，而是个人的记忆和判断。诗人从一个关外士兵的第一人称视角下笔，给读者以亲切真实的观感。

夜里，胡笳演奏的《折杨柳》幽幽传来，叫人不由得怀念长安风物，触动了思念之情。《折杨柳》为乐府横吹名曲，表达行客的愁苦，在唐诗中亦常见它的身影。夜里是属于孤独的，人的感情会更加敏感纤细，本就适合品味个人悲欢；胡笳属于异域乐器，音色悲凉，又吹起《折杨柳》这样的曲子，更添孤寂愁苦，思念之情也就愈来愈浓。

与第一首的盛大场面、豪迈豁达相比，这一首从细处着眼，描写一个独处的人、一个寂静的夜、一份个人的思念，却能从细微之处打动人心，可以和第一首互为表里、互相映衬。虽然这首诗以哀情为基调，但末句的“意气忆长安”仍给人以力量。我们从中看到的，是英雄壮士的侠骨柔情，是盛唐气象在个人心中的回响。

凉州词二首 其一

唐・王之涣（688—742）

黄河远上白云间，一片孤城万仞山。
羌笛何须怨杨柳，春风不度玉门关。

|辑 评|

[明] 高棅《唐诗正声》：吴逸一评：神气内敛，骨力全融，意沉而调响。满目征人苦情，妙在含蓄不露。

[清] 王士禛《唐贤三昧集笺注》：此状凉州之险恶也。笛中有《折柳曲》，然春光已不到，尚何须作杨柳之怨乎？明说边境苦寒，阳和不至，措词宛委，深耐人思。

[清] 薛雪《一瓢诗话》："羌笛何须怨杨柳，春风不度玉门关"，其苦思妙响，尤得风人之旨。

赏读

这首《凉州词》书写了远眺黄河的感受，视野非常开阔，却也不乏细腻动人之处。自黄河下游（东低）向上游（西高）远望，曲折的河流仿佛一条玉带，沿着地表向高处蜿蜒，渐渐萦绕上了白云之巅。黄河水本是自西向东流，诗人却反其道而行之，逆流远溯向西遥望，给人以别样的审美体验。顺着黄河西望，我们随诗人看到的，是万仞高山围绕下，孤零零的一座玉门关。如此苍凉、险要、孤危，这样的城池自然不会是居民所住，而应是戍边的城堡。

视角由雄浑阔大的远景转向了孤城里的征人，第三句笔锋一转，引入羌笛的曲声，诉说羁旅之苦的《折杨柳》，不能不勾起思念之情，而杨柳本身也意味着“留”，意味着离愁别绪。春风不度玉门关，杨柳不青，边塞苦寒，征人心中的寒冬也无法释怀。诗人在此用了一个精妙的“怨”字，融入充沛而又细腻的感情：怨杨柳勾起离愁，怨笛声引发思念，怨边关连折柳寄别都无能为力，怨征戍的孤城苦远、归期不定——一个“怨”字，将现实中人们熟知的杨柳和《折杨柳》进行了匠心独运的情感加工，巧妙地表达出征人复杂的重重思绪。但“怨”之前又冠以“何须”，又体现出一层自我宽慰、为国效力的豁达。

这首《凉州词》悲凉而不失慷慨，被视为“盛唐之音”的典型代表。

凉州词二首 其二

唐·王之涣（688—742）

单于北望拂云堆，杀马登坛祭几回。
汉家天子今神武，不肯和亲归去来。

赏读

这首《凉州词》与一个历史背景相关。唐玄宗开元年间，突厥首领小杀曾乞认唐玄宗为父，唐玄宗应允；首领进一步请求迎娶大唐公主，却没有得到玄宗的首肯。后来小杀派使臣颉利发进贡，玄宗与颉利发射猎，有兔子从御马前掠过，玄宗挽弓一发而中。颉利发下马捧兔，蹈舞称赞唐玄宗“神武超绝，人间无也”，玄宗设宴厚赏颉利发，却依然不答应和亲。

诗人创造性地以突厥视角叙述此事。拂云堆是唐边界以北的神祠，单于身居中原想要求亲，他北望自己的领土，想起自己曾多次杀马登台祭祀，祈求和亲或者兴兵犯唐，信心满满。谁知今日的汉家天子神武超绝，不仅拒绝了自己的和亲，也展现出他强大的经济和军事实力。首领不敢兴兵，只好无功而返。突厥的失落，恰恰反衬了大唐的兴盛，以及朝野上下对国家实力的信心。

出于避免战争，或者包含其他各式各样的目的，自汉以来，和亲一直都是常见的外交手段。是啊，能用一个女人求来暂时安宁，为何还要大动干戈投入军饷呢？边疆少数民族首领也往往以娶到大唐公主为荣，充分彰显自身的实力和地位。而唐玄宗这一回绝，不可不谓霸气，赏赐可以丰厚，但底线一定坚守，如有来犯，我们也有足够的实力保家卫国。这是强国的外交，这是一个盛世王朝的自信，同时也体现出唐朝的繁荣与开明中，女子地位有了一定提升。

古从军行

唐·李颀（690？—751？）

白日登山望烽火，黄昏饮马傍交河。
行人刁斗风沙暗，公主琵琶幽怨多。
野云万里无城郭，雨雪纷纷连大漠。
胡雁哀鸣夜夜飞，胡儿眼泪双双落。
闻道玉门犹被遮，应将性命逐轻车。
年年战骨埋荒外，空见蒲桃入汉家。

| 辑 评 |

［明］邢昉《唐风定》：音调铿锵，风情澹冶，皆真骨独存，以质胜文，所以高步盛唐，为千秋绝艺。

［清］王士禛《唐贤三昧集笺注》：气格雄浑，盛唐人本色。一结寓感慨之意。

赏读

李颀，唐代诗人，诗名颇高，擅长七言歌行，以边塞题材为主，风格慷慨悲凉，与王维、高适、王昌龄等人交往唱和。

李颀的《古从军行》写于天宝初年，讽刺玄宗不顾人民疾苦、大肆用兵。“从军行”本是乐府古题，此诗借汉讽唐，为避免触犯忌讳，加上一个“古”字以歌咏时事。

诗歌首先书写紧张的军旅生活：白天登上高山瞭望烽火台有无警报，黄昏就要到交河边让马饮水。夜晚出征战士苍凉的打更声，和着出塞的公主如泣如诉的琵琶声幽幽传来，一天就结束在这一片肃穆之中。刁斗，是古代军中的铜锅，白天用来煮饭，晚上就用来打更，一物多用正符合行军装备一切从简的要求。公主琵琶，指汉武帝时细君公主出嫁乌孙王，途中烦闷，故弹琵琶以娱之。前四句通过时间的无缝衔接，体现出马不停蹄的紧迫感，直接表达了征戍的艰辛。

接着诗人目转边陲，着意渲染恶劣的环境：万里荒漠，俱无人烟，雨雪纷纷，天地连为一色，视觉上极言荒凉与酷寒；胡雁哀鸣，不说行人听后悲戚，就连土生土长的胡人听了都双双泪落，可见这声音该是

多么凄凉，更何况胡雁“夜夜飞”，行人夜夜都能听到这样的声响，心里该有多浓重的惆怅！

然而，行人纵使再怎么想家，终究是回不去的。“闻道玉门犹被遮”，如当头一棒，打碎了行人的回乡梦。玉门犹被遮，《史记·大宛列传》记载，汉武帝派军攻大宛失利，军将请求罢兵，汉武帝闻之大怒，派人遮断玉门关，不允许出征的将士退兵，并下令有敢入玉门关者立斩。将士们唯一的出路，只有跟着将军们继续拼命，不知何时葬身沙场。而这样无休止的征战带来了什么呢？只有年复一年的活人化作白骨身死异乡，还有供帝王享用的葡萄进入宫廷而已，可见，帝王是多么好大喜功、草菅人命。

古意

唐 · 李颀（690？—751？）

男儿事长征，少小幽燕客。
赌胜马蹄下，由来轻七尺。
杀人莫敢前，须如猬毛磔。
黄云陇底白云飞，未得报恩不得归。
辽东小妇年十五，惯弹琵琶解歌舞。
今为羌笛出塞声，使我三军泪如雨。

赏读

以“古意”为题的拟古诗，是唐人所爱。李颀的这首《古意》，着眼于幽燕之地的七尺男儿，表达出边关游侠的壮志和柔情，颇有曹植《白马篇》的影子，但更多是李颀自己的风格。

在游侠之风盛行的幽燕地带，这里的男儿自小就崇尚出军远征，他们个个爱在疆场上展现能耐、较量胜负，为了取胜敢闯敢拼，从来都不把自己性命当回事。一上战场，杀敌如麻，怒发冲冠，胡须刚硬如刺猬的毛发纷纷张开，这股豪侠的猛劲，让敌人都不敢靠前。

胡须是最具有男性特色的表征，“须如猬毛磔”这一细节，瞬间将男儿英勇刚烈的好汉形象写得活灵活现。前六句简洁有力的五言句和短促的入声韵，与男儿豪爽、勇猛的气概相辅相成，增强了诗歌的表现力。

接下来诗人宕开一笔，描绘男儿所处的环境和心中的志向。黄云，是战场掀起的尘云，尘云浓重，故而沉在谷底，与天上纷飞的白云相对，一黄一白，一重一轻，暗示诗人在此变换了叙述方式和内容。不打胜仗、不为国报恩就不回家，事实上也无法回家，在这里，男儿不得不变客观束缚为主观诉求，拼命上阵杀敌，实现自己的价值。

然后，诗人出乎意料地让一位能歌善舞的辽东少妇登场，出嫁边关的她吹起羌笛，声声苍凉如泣如诉，使得三军将士都不得不泪流如雨，这其中当然也包括那位豪迈的男儿。后三句比起前三句，从正面描写变为侧面烘托，从豪情壮志转入悲凉婉转，句式也从五言改为七言，节奏相应舒缓下来。前后两部分一张一弛，一壮一悲，互为表里，将边关游侠豪迈的一面和柔软的一面都展现出来，成功使这一形象摆脱了平面化、脸谱化，成为活生生的人。

听安万善吹觱篥歌

唐·李颀（690？—751？）

南山截竹为觱篥，此乐本自龟兹出。
流传汉地曲转奇，凉州胡人为我吹。
傍邻闻者多叹息，远客思乡皆泪垂。
世人解听不解赏，长飙风中自来往。
枯桑老柏寒飕飗，九雏鸣凤乱啾啾。
龙吟虎啸一时发，万籁百泉相与秋。
忽然更作渔阳掺，黄云萧条白日暗。
变调如闻杨柳春，上林繁花照眼新。
岁夜高堂列明烛，美酒一杯声一曲。

| 辑 评 |

［明］唐汝询《唐诗归》：谭云：与世人学舞只是舞，同一高寄之言，而“长飙风中”句形容聋聩人光景可笑（“世人解听”二句下）。

［清］王士禛《唐贤三昧集笺注》：步步踏实，绝不空衍。亦是对叠，妙乃如此（“傍邻闻者”二句下）。都是叠，甚得声韵。换韵平仄互用，时多用二句一解，自觉音调急促。

赏读

这是一首别具一格的边塞诗，它以胡人演奏的胡乐为题材，铺展出一个想象的世界。

前两句说明乐器的取材和音乐的来源，模拟上古诗歌常见的开头方式。唐代民族交流空前繁荣，唐人也以开放的姿态迎接胡人、胡衣、胡食、胡乐，并加以创新。觱篥（读作“壁立”）是胡人特有的乐器，诗人所听的觱篥曲在汉地流传“曲转奇”，一个“奇”字书写这支曲子的胡汉交融之妙。诗人先不直接描写音乐，而从听众的反应说起，“多叹息”“皆泪垂”，写出音乐强大的感染力。接着却说这些听众也只知道听听而已、还不懂得欣赏，奏乐人没有遇到知音，只能继续孤独地演奏。可以预见，接下来作为难得知音的诗人，将要展现自己所见的音乐世界了。

觱篥的声音丰富，有的如遒劲的枯桑、老柏，在寒风中飒飒作响；有的如凤雏细而清越的鸣叫；有的如磅礴的虎啸龙吟，充满力量；有的如百道飞泉倾泻而下，如秋天的万籁齐发……热闹的声响正在进行，忽然全部收敛，变为好像《渔阳掺》鼓声一样沉稳的声调，讲述边塞的黄云萧条、白日昏沉；忽然又生机勃发，变为《杨柳枝》里描绘的春天一样，仿佛看到

宫廷的上林苑繁花盛开、焕然一新。而现实中的此刻，是除夕岁夜的明烛高堂，既不是春也不是秋，既不是边关也不是宫廷，不过一曲的时间，仿佛经历了沧海桑田，让诗人产生浮生若梦、宛若隔世的感慨。诗人心中有万千言语，却一言不发，只是举起桌上的美酒，一曲一杯，以敬乐者，照应前文“世人解听不解赏”。李颀与安万善，这对跨越了种族和距离的知音，从音乐中找到了属于他们的无言默契。

作为一首描写音乐的诗，李颀的用韵也非常讲究。前两句朴实无华，用短促的入声韵迅速掠过，毫不拖泥带水；乐者登场演奏，听众闻之泪垂，这两联用低微的四支韵营造动人的音乐效果。接下来突然拔高音节，用高而沉的上声韵转折，进入更上一层境界的音乐世界。最后仄声收尾，给人跌宕不平的余绪。根据诗情的变化，全诗共转了七个韵脚，与音乐的描绘相得益彰。

出塞二首 其一

唐·王昌龄（698—757）

秦时明月汉时关，万里长征人未还。
但使龙城飞将在，不教胡马度阴山。

| 辑 评 |

［明］顾璘《批点唐音》：惨淡可伤。音律虽柔。终是盛唐骨格。

［明］王世贞《艺苑卮言》：于鳞言唐人绝句当以此压卷，余始不信，以少伯集中有极工妙才。既而思之：若落意解、当别有所取；若以有意无意、可解不可解间求之，不免此诗第一耳。

［清］宋宗元《网师园唐诗笺》：悲壮浑成，应推绝唱。

赏读

王昌龄的边塞诗，极擅捕捉典型的情景，有高度的概括力和丰富的表现力。他以七言绝句见长，《出塞》是他早年赴西域时所作。

明月和边关，是边塞的典型意象，而诗人匠心独运冠之以“秦时”明月“汉时”关，给它们带来了悠久、厚重的历史感。首句使用了互文的手法，这里的明月当然不仅仅是秦时的明月，边关也不只是汉朝的边关，而是概指历史的悠久。诗人选取秦汉为代表，一是达到了平仄的和谐；二是以历史上同样大一统的王朝来映照唐朝，体现出盛唐的自信。

诗人从时间转入空间，“万里长征”扩大了诗歌涵盖的空间距离，“人未还”——不论是已经战死的、还是仍然活着坚守的，都被迫将这个庞大的距离定格，成为边塞士兵心中长久横亘的乡愁。

接下来，诗人由写实转入写虚，以历史名将做了一个假设：假如史上的名将李广（一说卫青）如今现身边关，绝不会让胡人的骑兵跨过阴山边境！这一假设，既显示出诗人对中原兵法的自信、对本族历史的自豪，也暗中讽刺了当今的边将昏庸腐败、无所作为。这是一种融合了乐观与悲愤的复杂情感，诗人不在诗句中明说，而借用历史典故来表达，将种种情绪隐藏在字里行间让读者品味，达到了“意在言外”的效果。

从军行七首 其二

唐·王昌龄（698—757）

琵琶起舞换新声，总是关山旧别情。
撩乱边愁听不尽，高高秋月照长城。

|辑 评|

［明］黄生《增订唐诗摘钞》：首句言琵琶当起舞时换新声也，是缩脉句法。下“总是”字，见得非独于琵琶也，故三句云“听不尽”。听已不堪，况所见又是秋月，其愁为何如乎？末句是进步法。

［清］黄叔灿《唐诗笺注》：跟上首来，故曰“换”，曰“总是关山旧别情”，即指上笛中所吹曲说。“撩乱边愁”而结之以“听不尽”三字，下无语可续，言情已到尽头处矣。“高高秋月照长城”，妙在即景以托之，思入微茫，似脱实粘，诗之最上乘也。

赏读

“从军行”是乐府旧题，属于相和歌辞平调曲，多反映军旅辛苦生活。

本篇为王昌龄《从军行》七首中的第二首，描写了边塞将士的宴饮。琵琶“本出于胡中”(汉代刘熙《释名·释乐器》)，音色如粒粒珠玉，听之易悲。将士们听着有异域风情的琵琶乐，看着歌舞不断变换新曲，却总能从中听出思乡之情。他们听的看的已经不仅仅是歌舞，而是内心自我的写照。这里的“关山”有两个含义，一是指士兵们所在的边关，二是指名曲《关山月》，《乐府古题要解》云：“《关山月》，伤离也。”

撩乱的边愁令人不忍再听，却也是“听不尽”的，兵士们已经沉浸在思念之中，他们既害怕听到离别曲，又因为听到了洞悉自己心事的知音而感动。这样复杂纠结的情感持续发酵，诗人却在此时将画面一转，转向军营之外的“高高秋月照长城”。秋月凝聚了古今无数人的思乡泪，“高高秋月”，一则体现了秋天的特点（秋高气爽），二则体现出边塞的寂寥。秋月高悬，离人间如此邈远，还带着凉凉的秋意，仿佛在刻意地疏离。秋月寂寥，家乡遥远，归期渺茫，给人带来无尽的凄清孤独之感。

最后一句堪称神来之笔，诗人由人事写入自然，由营内转向营外，将愁绪的余音投入无垠的秋夜中，拉开了诗歌的空间维度和历史纵深，令读者回味无穷。

从军行七首 其四

唐·王昌龄（698—757）

青海长云暗雪山，孤城遥望玉门关。
黄沙百战穿金甲，不破楼兰终不还。

|辑 评|

[清] 沈德潜《唐诗别裁》："不破楼兰终不还"句，作豪语看亦可，然作归期无日看，倍有意味。

[清] 黄叔灿《唐诗笺注》：玉关在望，生入无由，青海雪山，黄沙百战，悲从军之多苦，冀克敌以何年。"不破楼兰终不还"，愤激之词也。

赏读

青海湖上，暗沉的浓云笼罩祁连雪山，边塞的古城与玉门关遥遥相望。青海湖的青，长云的暗，雪山的白，三种色彩都有大色块、冷色调的特点，它们交相辉映，呈现出一片大气苍凉的边塞风光。在这幅壮阔的背景下，孤城和玉门关遥遥相望，显出了人和城关的孤独与渺小。

此诗以雄鹰的视角俯瞰边关大地，将青海湖、祁连雪山、玉门关等最具代表性的意象，糅合成一幅边塞风光长卷。诗中的地名与现实并非严格对应的，为了理想的表达效果，诗人进行了一定的艺术夸张，营造出现实中难以体会的陌生美感和刺激，而这，正是诗歌乃至整个文学艺术的魅力所在。

浓云密布，往往暗示战事将近，渲染出一触即发的紧张气氛。果然，城里的将士们正要出征。他们在黄沙中立足，破旧的盔甲暗示身经百战的艰辛。他们向着天空大地，发出了豪气冲天的誓言：不破楼兰终不还！楼兰，在唐朝已经灭亡，是唐诗中对西域敌寇的指称。“不破楼兰终不还”，既是自信豪迈的战前宣言，也有“楼兰久不破，士兵久不得归”的凄苦无奈。

然而，尽管沙场征战辛苦，此诗给予读者的，依然是一种由内而外的磅礴气势。盛唐的诗歌充满自信，就算表达悲情也要大气悲壮，骄傲而豪迈。这是一种属于盛世的气魄，也正是我们所说的，盛唐气象。

望蓟门

唐·祖咏（699—746）

燕台一望客心惊，笳鼓喧喧汉将营。
万里寒光生积雪，三边曙色动危旌。
沙场烽火侵胡月，海畔云山拥蓟城。
少小虽非投笔吏，论功还欲请长缨。

辑评

［明］徐用吾《唐诗分类绳尺》：善状物色，清兴洒然。

［明］唐汝询《汇编唐诗十集》：唐云：调高语壮，是盛唐最上格。

［明］周珽《唐诗选脉会通评林》：周珽曰：起寓讥边将，便有耻为碌碌尸素之想。中四句极状边庭之景。末以班超、终军自许，树勋报国之志挺然。蒋一梅曰：气象朗开。结壮。薛蕙曰：铺叙得体，词意正大。

赏读

燕台原为战国时燕昭王所筑的黄金台，这里代称燕地，泛指平卢、范阳一带，这样指代使得诗歌背景更多一层历史感。本诗以壮大的地名开篇，入笔宏远。

诗人先从声音起笔：吹笳击鼓声声传来，重重叠叠，声音的源头是汉将驻扎的军营。这样的声响是在怎样的画面中呢？诗人晕开了背景：万里寒光生积雪，延宕万里都是茫茫雪原，透着冷冽的寒光，可见雪已积深，却仍还在“生积雪”，旧雪不化，新雪层叠，愈发森寒。朦胧的曙色中，唯有高高的旌旗猎猎飘扬，在连绵雪光中鲜艳夺目。由此，祖咏目之所及的“惊”已铺展完毕：隆冬绵延不绝的白雪、令人瞩目的军旗和声声振奋的笳鼓，汉军迎雪而立、严整庄重的姿态如在眼前。

沙场之上，雪光、火光和月光交错驳杂，却令人心生波澜壮阔，南渤海北云山仿佛主动拥护着蓟城，如有天助。面对庄严的汉军，面对壮阔的战场，诗人发出感慨，自己早年虽不如东汉时初为佣书吏（在官府中抄写公文）、后来投笔从戎定西域三十六国的定远侯班超，但是也愿意学西汉的济南书生终军，向皇帝请发长缨，缚番王来朝，立下自己的功绩。尾联连用两个典故，似信手拈来不觉突兀，更有豪气顿生、与历史名人比肩之感。

使至塞上

唐·王维（701—761）

单车欲问边，属国过居延。
征蓬出汉塞，归雁入胡天。
大漠孤烟直，长河落日圆。
萧关逢候骑，都护在燕然。

| 辑 评 |

[清] 徐增《而庵说唐诗》：“大漠”“长河”一联，独绝千古。

[清] 王士禛《唐贤三昧集笺注》：“直”“圆”二字极锤炼，亦极自然。后人全讲炼字之法，非也；不讲炼字之法，亦非也。

赏 读

唐代诗人王维奉命赴边塞慰问将士，旅途中写下了这首纪行诗。王维此行，名为代表朝廷出塞，实际上是遭到了疏远、被排挤出权力中心。这首纪行诗，既描绘了边塞风光，也包含了诗人独自赴边的情感变化。

首联阐明出行原因，诗人要去慰问边关，“单车”指车辆很少，说明此行轻车简从，并非大队人马风风光光地出行。属国是王维用来指自己使者的身份，唐人有时以“属国”代称出使边陲的使臣。居延在今内蒙古境内，王维此行实际上并不经过居延，因此有学者认为这样写是为表达唐朝属国的广阔。

颔联以征蓬和归雁自喻，表达诗人离乡出塞的孤独。随风远征的飞蓬，无根无依，居无定所，常用于表达游子的漂泊和思念。大雁北飞即为归，它们飞回胡地，与离开长安走向北方的诗人形成了反衬。

颈联转而描绘大漠风景，成为边塞诗歌的经典名句。大漠远处一缕笔直的孤烟，想来应是驻军之地，一个“孤”字尽显荒漠的广阔和人气的萧条。近处曲折的长河，远方浑圆的落日，远景近景结合，直线曲线互补，大笔勾勒出一幅壮阔的边塞风光。

尾联回归叙事，王维到达边塞，在萧关遇到侯骑（负责侦查报信的骑兵），得知将领仍在燕然前线，暗中流露出对都护的赞许。诗歌以访问边关来收尾，体现出诗人不留恋过往、积极着眼未来的豪迈胸襟。

观猎

唐·王维（701—761）

风劲角弓鸣，将军猎渭城。
草枯鹰眼疾，雪尽马蹄轻。
忽过新丰市，还归细柳营。
回看射雕处，千里暮云平。

| 辑 评 |

［明］顾璘《批点唐音》：格高，语健，老手。

［清］黄白山《唐诗摘钞》：全篇直叙。起法雄警峭拔，三、四音复壮激，故五、六以悠扬之调作转，至七、八再应转去，却似雕尾一折起数丈矣。

［清］沈德潜《唐诗别裁》：章法、句法、字法俱臻绝顶，盛唐诗中亦不多见。起二句若倒转，便是凡笔，胜人处全在突兀也。结亦有回身射雕手段。

赏读

此诗是王维在长安城郊观看狩猎所作，应为早期作品。普通的一次围猎，在王维笔下激情澎湃、雄壮有力，成为文学史上一次不朽的围猎。

不见其人，先闻其声，随着劲风呼啸和角弓铮鸣望去，原来是将军在渭城打猎。冬草枯黄，四野平旷，老鹰双目锐利，行动敏捷，在广阔的平地上更能展现优势；残雪化尽，让骏马的奔腾更加轻盈不留痕迹，有利于悄悄接近猎物，一击而中。枯草、鹰羽、白雪，色彩偏向低饱和，正是初冬的特点；鹰、马，一天一地，虽未写人，却通过将军手下动物的姿态展现出他的精武之气；疾、轻，画面的速度感和动态美十足，也写出狩猎者、观猎人的轻快感受和喜悦心情。王维本身也精通绘画，将画意与诗境融为一体是他的专长，苏东坡评王维“诗中有画”，所说极恰。

新丰市（今陕西临潼县）和细柳营（今陕西长安），相距七十余里，而一个“忽过”一个“还归”，虽为诗意夸张，却也尽显车马的精良、将军的英姿。此诗包含了三个地名，却能自然融入诗中不觉突兀，还用其中两个地名作为韵脚，可见诗人功底的扎实。

尾联写回望之景，看到日暮西斜，千里云平，一片安宁，与开篇风起云涌的紧张形成鲜明对比。诗人细心观察到了景物的消长，并以此构筑成诗中的时间流逝、气氛变化，可谓细微之处见功夫。

陇西行

唐·王维（701—761）

十里一走马，五里一扬鞭。
都护军书至，匈奴围酒泉。
关山正飞雪，烽火断无烟。

辑评

［宋］张戒《岁寒堂诗话》：信不减太白。

赏读

身为诗人兼画家，王维对色彩的敏感，以及对典型场景的凝练力度，可以说无人能出其右。这首《陇西行》也正是他“诗中有画”的集中体现。

匈奴入侵，边关告急，王维并没有正面描写战场，而是截取战争中一个军情急报的场景，达到以小见大、意蕴深远的效果。

诗的开头，只见一人一马闯入眼帘，在“一走马”“一扬鞭”中，“五里”“十里”就这么飞跃而过，风驰电掣的速度感和紧迫感油然而生。原来是军使送来告急军书，匈奴敌军已经包围了酒泉，一个“围”字，可见情形十万火急，苦战一触即发。而此刻，关山正大雪纷飞，远处用来传递信息的烽火台，也因为酷烈的风雪燃不起狼烟。至此，一幅关山飞雪、两军对峙、风起云涌的战前情景图跃然纸上。白雪、烈火、浓云，白红黑的交织令画面的色彩鲜明又凄厉。而连接前线和后方的军使打马飞奔，正如点睛之笔，为这一场景增添了疾风呼啸、骏马长嘶、马鞭凌厉的声响，使得画面瞬间鲜活了起来。形势如此危急，气氛如此紧张，可全诗透露给读者的，是一股临危不乱的镇定，是一腔积极应战的热血，还有一种属于盛唐的自信。

场景描绘至此完结，而全诗也在最紧张的这一刻戛然而止，余下的留待读者自己想象。这样的写法不落俗套，达到了意在言外的效果，实不愧为大家之笔。

塞下曲六首 其一

唐·李白（701—762）

五月天山雪，无花只有寒。
笛中闻折柳，春色未曾看。
晓战随金鼓，宵眠抱玉鞍。
愿将腰下剑，直为斩楼兰。

| 辑 评 |

［清］黄叔灿《唐诗笺注》：四十字中，不假雕镂，自然情致。

［清］屈复《唐诗成法》：雪入春则无花，前言塞下寒若如此。五、六言其苦更甚。两层逼出“直为斩楼兰”，言外见庶不再来塞下受此苦也。意甚含蓄。

［清］高步瀛《唐宋诗举要》：吴曰：淡语便自雄浑（首二句下）。

赏读

《塞下曲》是唐代流行的乐府题目，李白借此题目吟咏时事、抒发心声，表现了盛唐诗人不拘一格的创作热情。李白《塞下曲》组诗共六首，此为第一首。

农历的五月，中原已经入夏，可天山（今祁连山）依旧白雪皑皑，没有缤纷的夏花，只有透骨的寒凉。诗人不直言将士们的心理活动，只轻描淡写地叙述了物候的差别，将身体的感受和心中的思绪，全部凝聚在一个“寒”字当中。

在这一片苦寒里，悠悠传来了竹笛吹奏的《折杨柳》。身处边塞是看不到花红柳绿的春光的，将士们只能从表达行客愁苦的《折杨柳》笛声中感受遥远的春色，咀嚼思乡的滋味，该是何等凄苦苍凉！

从颈联开始，诗的格调由苍凉转入雄浑。古人打仗，以鼓声为号令，将士们随着军鼓进退有序，昼出夜伏，休息时也毫不松懈，抱着马鞍以备随时应对突袭。金鼓、玉鞍等精良的装备，以及士兵森严的纪律、团结的风貌，成为军队激昂斗志的源泉。诗的尾联，顺着这股气势，诗人为边塞将士写下了出征宣言：愿挥起手中利剑，奋勇杀敌，为国立功！一个“直”字，语气如斩钉截铁，势不可挡，蓬勃而出的豪情壮志，具有震慑人心的艺术感染力。

北风行

唐·李白（701—762）

烛龙栖寒门，光曜犹旦开。
日月照之何不及此，唯有北风号怒天上来。
燕山雪花大如席，片片吹落轩辕台。
幽州思妇十二月，停歌罢笑双蛾摧。
倚门望行人，念君长城苦寒良可哀。
别时提剑救边去，遗此虎纹金鞞靫。
中有一双白羽箭，蜘蛛结网生尘埃。
箭空在，人今战死不复回。
不忍见此物，焚之已成灰。
黄河捧土尚可塞，北风雨雪恨难裁。

|辑 评|

［明］谢榛《四溟诗话》：太白曰："燕山雪花大如席，片片吹落轩辕台"，景虚而有味。

［明］周珽《唐诗选脉会通评林》：此篇主意全在"念君长城苦寒良可哀"，一句生情，调法光响，意多含蓄。

赏读

《北风行》，乐府旧题，多用于抒发北境风雪的严寒、行人不归的伤感。李白《北风行》通过一名北方妇女对丈夫战死的悲愤，揭露和抨击安禄山在北方作乱的暴行。李白的这首歌行，句式灵活多变，抒情自由不羁，以极度夸张的比喻、挥洒自如的姿态、令人惊叹的妙语，形成了强烈的艺术感染力。

烛龙是中国古代神话传说中的龙，人面龙身无足，居住在极北的寒门，睁眼为昼，闭眼为夜。而诗歌着眼之处，竟连烛龙的光芒都照耀不到，只有怒号的北风、无尽的飞雪。以神话中主事昼夜的烛龙开篇，已见境界阔大。烛龙照耀不及之处，北风号怒天上来，进一步扩充了诗境视野。在这个偏远苦寒之地，燕山雪花“大如席”，这一极度夸张的比喻着实令人心惊，细想却倍觉贴切：新编的芦席正是雪白一片，燕山的雪花不仅成片，还片片如芦席，可见其大、重、密，不由联想，吹动它们在空中飞舞的风，该有多凛冽、多凄厉。谢榛《四溟诗话》评此“景虚而有味”。大片大片的雪花吹落到当年黄帝与蚩尤大战的轩辕台，暗中为接下来叙述战场之事做好铺垫。

这样宏大、凄厉的自然背景下，诗歌的主人翁登

场。她是幽州地区的一名思妇，没有歌声和欢笑的她，双眉凝蹙，悲伤不已。她倚着家门凝望街上行人，想念着远方戍边的夫君，担忧边境的严寒会令丈夫受苦。她回想别离之时，丈夫壮志凌云提剑而出，留下一个虎皮金柄的箭囊，囊中装有一支白羽箭，在家悬挂已久，如今箭已爬上蛛网尘埃，丈夫依然没有回来。

等待着，等待着，等来的却只是丈夫战死沙场、从此天人永隔的噩耗。妇人伤心欲绝，回到屋里不忍再见丈夫遗物，干脆一把火将它焚成灰烬，随丈夫而去。看着飞舞的残灰，妇人悲绪万千，正如屋外的北风飞雪，仿佛永远不断绝，一个“难裁”，将风雪与悲愁融为了一体。黄河虽深，还可用土堵塞；飞雪连绵，正如死生离别之恨，无边无尽。

李白诗才汪洋恣肆，诗风自由不羁，故而最擅长篇幅阔大、形式多样、风格高古的七言古体和歌行。李白是盛唐气象的集大成者，他笔下的伤悲，绝不拘泥于个人哀怨，而是自成一种雄浑的气势，悲壮之中透着生命的张力，正如邢昉《唐风定》所说：“摧肝肺，泣鬼神，却自风流淡宕。”

蓟门行五首 其四

唐·高适（704？—765？）

幽州多骑射，结发重横行。
一朝事将军，出入有声名。
纷纷猎秋草，相向角弓鸣。

赏 读

著名边塞诗人高适曾游历四方，开阔的眼界和亲身的经历，使他笔下的边塞诗真实可感、雄浑壮阔。

《蓟门行五首》是描绘边塞生活的组诗，第四首以边境年轻的勇士为主题。诗歌开篇指出，边境的风俗崇尚武力，年轻的男儿自幼便重视骑射和搏斗技术，渴望驰骋沙场。若是一朝被选入军中，跟随将军出征，一身武艺终于可以为国家效力，那可谓是无上的荣耀。

诗人目睹了这些年轻勇士的秋猎，他们矫健的身影飞快掠过，只听见秋风猎猎、角弓铮铮，充满了昂扬的斗志和青春的气息。诗人以弓鸣声有力地结束此诗，如豹尾一般干脆利落，留给读者气势磅礴的余音。这些骁勇健儿，将是未来保家卫国的中流砥柱，望着他们朝气蓬勃、武力高强的模样，诗人心中也激起了对边防的信心。

边塞风沙肆虐、环境恶劣，使得当地人必须让自己强壮起来，有足够的体力和技艺，放牧、御马、射箭、搏斗，抵御天气、外敌和野兽的威胁，适应逐水草而居的游牧生活。在这样的环境下，边塞百姓依然昂扬乐观，保持着饱满的斗志，用强壮的体魄，积极生活在这片荒凉的土地上，并铸就了国家边境的血肉长城。

国家兴亡，匹夫有责，一个国家和集体，只有每个人都担当起自己的责任，都为自己是集体的一员而自豪，才能真正扎稳根基，一步步走向属于自己的辉煌。

燕歌行并序

唐·高适（704？—765？）

开元二十六年，客有从御史大夫张公出塞而还者；作《燕歌行》以示适，感征戍之事，因而和焉。

汉家烟尘在东北，汉将辞家破残贼。
男儿本自重横行，天子非常赐颜色。
摐金伐鼓下榆关，旌旗逶迤碣石间。
校尉羽书飞瀚海，单于猎火照狼山。
山川萧条极边土，胡骑凭陵杂风雨。
战士军前半死生，美人帐下犹歌舞。
大漠穷秋塞草衰，孤城落日斗兵稀。
身当恩遇常轻敌，力尽关山未解围。
铁衣远戍辛勤久，玉箸应啼别离后。
少妇城南欲断肠，征人蓟北空回首。
边风飘飖那可度，绝域苍茫更何有。
杀气三时作阵云，寒声一夜传刁斗。
相看白刃血纷纷，死节从来岂顾勋。
君不见沙场征战苦，至今犹忆李将军。

辑评

[明] 唐汝询《唐诗解》：言烟尘在东北，原非犯我内地，汉将所破特余寇耳。盖此辈本重横行，天子乃厚加礼貌，能不生边衅乎？

[清] 王夫之《唐诗评选》：词浅意深，铺排中即为讽刺。此道自“三百篇”来，至唐而微，至宋而绝。

[清] 沈德潜《唐诗别裁》：七言古诗中时带整句，局势方不散漫。若李、杜风雨纷飞，鱼龙百变，又不可一格论。

赏读

开元二十六年（738），大将军张守珪的部下强行出军，攻打奚族残余势力，先胜后败。张守珪谎报军情隐瞒败绩，事泄后被贬。高适曾送兵蓟北，目睹军中腐败情状，有感而发。据诗序所言，高适此诗乃应和他人同题诗歌所作，原诗已难考证，而高适的这首和诗《燕歌行》，作为唐朝边塞诗的杰出代表，至今仍光彩熠熠。

诗歌前四句交代了背景：东北方战事兴起，将士离开家乡，讨伐异族残贼。身为男儿，上阵杀敌是实现个人抱负的最好方式之一，而皇帝又破格赏脸，更是大大提升了士气。

以汉自称是唐朝诗文中的惯例，汉和唐在中国历史上是当之无愧的两座盛世高峰，唐人称汉，一是避免直呼本朝、产生不敬；二来也体现了唐人对本朝的极大自信。

从京城到碣石、榆关（今山海关，东北要镇），军队在行军中击鼓鸣锣，旗帜猎猎飘扬，十分高调，充满了骄傲和自负。刚到战场，校尉的急报便从沙漠传来，一个“飞”字，将战况的刻不容缓体现得淋漓尽致。敌军单于亲征，而我军领官仅是校尉，敌我双方的参战态度，暗暗埋下了失败的伏笔。

接下来是对战况的描绘。遥远的边境战场，胡人骑兵来势汹汹，如狂风骤雨，打得我军伤亡惨重、死伤过半。而此刻，昏庸的将领竟不顾士兵的死生，在后方军营里，惬意地欣赏美人歌舞！描绘着如此鲜明的对比景象，诗人心中该是何等的愤怒与悲凉！

大漠，穷秋，衰草，孤城，落日，残军，一系列颓然的意象，烘托出凄凉的氛围，战果不言自明。究其原因，诗人毫不客气地点出三个字——常轻敌！

接着八句，描写了战争对天下苍生的影响。比起前面战况的层层紧逼，这里的节奏稍稍放缓，与前文一张一弛。征夫久驻边塞的辛苦，思妇想念丈夫的愁肠，城南与蓟北，极度遥远的空间和不知生死的未来，让一个个家庭濒临破碎。百姓们更是苦不堪言，边塞本就穷山恶水、一无所有，而战事频繁，使得农耕最重要的春、夏、秋三季，都耗在血腥的战争中，严重影响了百姓的生存。军中打更的刁斗，传了一夜的寒声，令人心感悲哀，给诗歌带来意味深长的余音。

诗歌的末尾，高适发出有力的质问：出征的战士们拼死保家卫国，哪里是为了争夺功勋？而那些只顾自己享乐的将领，让那么多士兵白白送死，又企图伪报胜利换来荣耀，怎能不令人齿寒？诗人在最后发出感慨，“至今犹忆李将军”，汉朝的名将李广以爱护士兵、常打胜仗闻名，诗人期望当朝军士能一改风气，效仿飞将军李广，真正捍卫祖国的边境安宁。

蓟中作

唐·高适（704？—765？）

策马自沙漠，长驱登塞垣。
边城何萧条，白日黄云昏。
一到征战处，每愁胡虏翻。
岂无安边书，诸将已承恩。
惆怅孙吴事，归来独闭门。

辑评

［明］唐汝询《唐诗解》：此志在安边，伤不遇也。言我览观边塞胡虏之未宁，岂无安边之书可献乎？特以诸将巧诈以图爵赏。使贤者不能自达于上耳，是以徒抱孙吴之略而不得一试也。

［清］沈德潜《唐诗别裁》：言诸将不知防边，虽有策无可陈也。乃不云天子僭赏，而云主将承恩，令人言外思之。

赏 读

高适身居官职，多年的游历和边塞生活，让他历练出武将的气魄和强烈的责任感，因而高适常常在诗中直接表达对一些将领的不满，指出边塞军防的隐患。

本诗以一名策马长驱的英雄展开，我们跟着他策马飞驰过茫茫沙漠，经历漫长的路途，登上边塞墙垣。随着英雄的视角，我们举目望去，看到一片多么萧条的边城景象：太阳西斜，风沙弥漫中一片昏黄，渺无人烟。此情此景，不禁让人心生悲凉。前四句的描写从线到面，由动及静，精练独到地展开了诗歌的背景，也奠定了诗歌的感情基调。

接下来由写景转入写事。英雄每次一到战场，都会为胡虏的反叛而担忧，说明了“何萧条”的原因——常年征战，也体现出边境安防问题由来已久。诗人有力地指出，因为统治者启用了奸人做边关将领，他们承皇恩领俸禄，却在边境无所作为，才会让边关久久不得安宁。无才之人身居要职，蚕食着国家的实力，而像自己这样有领军才华的将士，却只能空抱才华和志向，回到自己帐中独自闭门，咀嚼怀才不遇、忧国忧民的苦楚。诗人对这样的腐败小人嗤之以鼻，对统治者不识人才痛心不已。闭门只是他一时的激愤之语，他建功立业的报国热情，绝不会轻易被熄灭。

全诗由景即事，再到抒情，一气呵成。语言看似质朴，却由内而外散发着雄浑的魄力。

送单于裴都护赴西河

唐·崔颢（704？—754）

征马去翩翩，城秋月正圆。
单于莫近塞，都护欲临边。
汉驿通烟火，胡沙乏井泉。
功成须献捷，未必去经年。

|辑评|

［明］高棅《批点唐诗正声》：全首气格字句无一不佳，崔颢诗体胜在不用功处，太白推之亦在此。

［元］方回《瀛奎律髓汇评》：纪昀：起句矫健，次句雄阔。匈奴常以月满进兵，次句用古无痕。起四句壮极，结亦须以壮语配之，此是定法。若以惜别衰飒语作收，则非选声配色之谓矣。

赏 读

崔颢，唐代著名诗人，诗名显赫，事迹却流传很少。他写的《黄鹤楼》一诗，让后来登上黄鹤楼的李白都不敢下笔，只好称“眼前有景道不得，崔颢题诗在上头”。后来对此心心念念的李白，模拟《黄鹤楼》作《登金陵凤凰台》。连自视“谪仙人”的李白都佩服不已，崔颢诗才可见一斑。崔颢早年的诗多艳情闺怨，后来漫游山水20余年，诗多以边塞、山水等为题材，诗风大为转变，变得雄浑辽阔、风骨凛然。

这里的单于指单于都护府，此诗是送裴都护赴边上任的送别诗，亦是一首豪迈的边塞诗。都护远去之时，正是满月团圆之夜，征马翩翩而去，马上的都护英姿飒爽，诗人遥望他远去的背影，心中不舍。都护所去之地，征战频繁，单于犯边。诗人警告敌人，即将上任的裴都护英武强大，劝你们还是不要来犯为好，语气壮阔有力，进一步彰显裴都护的声威。

边防要道中，烽火接连燃起，战事紧锣密鼓，而胡地沙尘肆虐，水泉匮乏，条件艰苦。在这样战事频繁、缺乏资源的艰辛之下，诗人却自信地祝福裴都护，一年之内他就能功成名就、捷报入京了。这既是夸赞，更是勉励，将诗歌基调上扬得明艳伟丽。全诗的感情一波三折：首联离别，惆怅；颔联诫敌，自信；颈联艰辛，担忧；尾联祝福，昂扬。诗歌语言朴实，格调刚健有力、风骨凛然。

雁门胡人歌

唐·崔颢（704？—754）

高山代郡东接燕，雁门胡人家近边。
解放胡鹰逐塞鸟，能将代马猎秋田。
山头野火寒多烧，雨里孤峰湿作烟。
闻道辽西无斗战，时时醉向酒家眠。

|辑 评|

[明] 许学夷《诗源辨体》：崔诗《黄鹤》首四句诚为歌行语，而《雁门胡人》实当为唐人七言律第一。

[清] 胡棠《唐贤三昧集笺注》：边境之状如见（后四句下）。

赏读

不同于大多边塞诗以汉人为主体，这首诗创造性地采用胡人百姓的视角，体现诗人心怀天下的民族观。

代郡即雁门郡，以地理位置和当地胡人分布开篇，将视角锁定边塞的胡人家。他们将本用于战争的胡鹰解放，让它自由追逐天上的鸟儿，在草黄马肥的秋日，骑上代郡的战马外出打猎，储备冬粮。这种放鹰逐鸟、上马游猎的景象，非常具有边地特色，充满了胡人百姓和平的生活气息。颔联连续出现的“胡鹰”“塞鸟”“代马”，冠以有地域特色的修饰词，突出了胡地与中原迥然不同的生活情貌，新鲜趣味十足。

颈联生动地刻画了边关的自然景象，野火烧山，雨湿孤峰，火在寒中，烟于湿里，一火一水，互相映衬，相反相成，趣味横生，充满了季节特色和地域特征。而对于饱受战争之苦的边关百姓来说，山上的野火和雨中被看作狼烟的孤峰，很容易惊起战事的担忧，当他们仔细一看，才明白不过是虚惊一场。这种对战争的担忧瞬间消解的愉悦，精准把握了久经战事百姓的心理特征。百姓们在难得的和平中及时行乐，走向酒家，尽情享受，一醉而眠，颇有“今朝有酒今朝醉”的豪情。

本诗将反战思想上升到全人类的高度，充满了人情味，给广大百姓以共鸣，体现出心系天下苍生的胸怀。

辽西作

唐·崔颢（704？—754）

燕郊芳岁晚，残雪冻边城。
四月青草合，辽阳春水生。
胡人正牧马，汉将日征兵。
露重宝刀湿，沙虚金鼓鸣。
寒衣着已尽，春服谁为成。
寄语洛阳使，为传边塞情。

辑评

［元］方回《瀛奎律髓汇评》：七、八痛快而感激。

赏读

燕郊的春季都快结束了，辽西的残雪依然寒冷冻人。这里的春意才慢慢开始酝酿，新萌芽的青草渐渐铺满大地，山南水北为阳，辽水北岸积雪融化、春水涌生。在寒冷的边关大地上，尽管凛冬仍存，渐渐萌生的春意总能令人心里充满了希望。关外的胡人正在放养战马，关内的汉将日日征兵。尽管胡人最喜欢在秋季进犯，但是他们春天牧马，看似平静，实则暗伏杀机。汉人将领敏锐地发现了异常，抓紧征兵，扩充军力，以防胡人的突然来犯。

七、八句是本诗最精彩的句子。露水凝重，打湿了兵士的宝刀；风沙弥漫，操练的金鼓阵阵鸣响。“露重宝刀湿”，先写“露重”，突显初春的寒意，给人心里一沉；再引出沉重的“宝刀”，满带沉重的露水，挥舞更为艰难，令人加倍感知边塞的艰苦。沙土松虚，风里黄沙弥漫，非常不便于操练，但军队的金鼓日日不辍隆隆鸣响，既给人艰苦之感，又在一片迷茫中树立起坚忍不拔的形象，树立起破阵杀敌的决心。

最后四句，寒衣已经破烂，春服还没有着落，照应开头的残冬时节，戍边生活倍加艰辛，却无人关注、体谅。寄语洛阳使，即是寄语朝廷，请体恤边关将士的辛苦，体会他们离家在外、苦寒戍边的艰难。诗里饱含了对戍卒的同情，语言平实，格调刚健，意境雄远。

塞下曲四首其一

唐·常建（708—？）

玉帛朝回望帝乡，乌孙归去不称王。
天涯静处无征战，兵气销为日月光。

辑评

[清] 贺裳《载酒园诗话又编》：唐三百年，《塞下曲》佳者多矣，昌明博大，无如此篇，出自幽纡之笔，故为尤奇。

[清] 沈德潜《唐诗别裁》：句亦吐光。

赏读

常建，唐代诗人，与王昌龄同榜进士，仕宦不得意，后长期漫游山水，晚年隐居。他虽然存诗不多，但以意境清远、语言自然为特色，常有新颖别致的佳句，在殷璠的《河岳英灵集》中位列第一。

常建的《塞下曲》四首以和亲出塞为题材，分别叙述了主人公出嫁、思乡、丧夫、逝去的一生经历。不同于其他同题材的诗，常建脱离了描绘乡愁闺怨、奇丽风光的俗套，另辟蹊径地从国家和民族的角度，讴歌和亲带来的和平。

诗的前两句，歌咏西汉朝廷嫁细君公主与乌孙联姻的历史。玉帛，乌孙朝觐所带的礼品，执玉帛上朝，是一种臣服和归顺的表示，所谓“化干戈为玉帛”即源于这种礼节。诗人不直写朝觐场面，却从乌孙归去时仍频频回望京城、依依不舍，来暗示两民族之间已经结下的深厚情谊。

这样的联姻，带来的是双方长久的宁静和平。“兵气销为日月光”一句，令人眼前一亮：昔日兵甲的寒光化作今朝日月的明辉，今昔对比，明暗交织，战争的阴霾终于退散，和平的光芒照亮天地，并将如日月一般长久。以日月作结，给人以崇高昂扬之感。

前出塞九首其六

唐·杜甫（712—770）

挽弓当挽强，用箭当用长。
射人先射马，擒贼先擒王。
杀人亦有限，列国自有疆。
苟能制侵陵，岂在多杀伤！

辑评

[明]陆时雍《唐诗镜》：语语筋力。前四语不知何自？或是成语，或自己出，用得合拍，总为妙境。

[清]仇兆鳌《杜诗详注》：为当时黩武而叹也。张綖注：章意只在“擒王”一句，上三句皆引兴语，下四句中明不必滥杀之故。

[清]浦起龙《读杜心解》：上四如此飞腾，下四忽然掠转。兔起鹘落，如适如是。

赏读

《出塞》,《晋书·乐志》所载汉乐府题，为李延年作,是以边塞战斗生活为题材的军歌。杜甫作有《出塞》十四首，前九首称《前出塞》，后五首为《后出塞》。杜甫的前后《出塞》，各成体系，借古题写时事，意在讽刺当时进行的不义战争。

《前出塞》九首当作于天宝十载（751）左右，一说天宝十一载（752）。当时唐朝处于军事扩张期，唐玄宗为满足自己好大喜功的欲望，在边地频繁发动以夺取财富为目的的不义战争，朝野上下对军情预估也一片乐观。杜甫表达出自己对战争不一样的看法，他的《前出塞》九首一气呵成，“只如一首”，描写了一名士兵从军西北的艰难历程和复杂感情，讽刺了唐玄宗穷兵黩武的不义战争，真实地反映了战争给兵士和百姓带来的苦难。

第六首诉说了征夫对战争的看法，亦即表达了杜甫自己的态度。前四句极似军中口诀，黄生《杜诗说》评价其“似谣似谚，最是乐府妙境”，它连续用挽弓、用箭、射人、擒贼四个类比，妙语连珠，如排山倒海，强调作战应当智勇并进，可看作古代将士们在战斗实践中的智慧总结。单此四句，已经足够精彩；但从全诗来看，这还仅仅只是下文的衬笔，老杜对文字的驾驭能力可见一

斑。以战斗经验为例子，既符合主人公的军人身份特征，又为后文抒发对战争的观点做好铺垫。

顺着两个排比联的气势，杜甫由扬转抑，直抒胸臆，表达出对穷兵黩武的不满。他认为，手握强兵也不应放肆杀伐，军队赴边只为保证边境安宁，而不应过分地开疆拓土，只要能将心怀恶意的侵犯者制服，擒贼擒王，就不需再滥杀无辜的兵卒百姓了。由此，可以看到杜甫作为一名忧国忧民的诗人的胸襟：他的视野不仅仅局限于中原百姓，对天下的苍生都同样予以关怀；他的着眼处也不仅仅是当下，更是极有远见地放眼将来，为国家的未来担忧。正如他所担心的一样，不久后，唐朝面临安史之乱，这也成为大唐、甚至整个中国封建王朝史盛极而衰的重要节点。

兵车行

唐·杜甫（712—770）

车辚辚，马萧萧，行人弓箭各在腰。
耶娘妻子走相送，尘埃不见咸阳桥。
牵衣顿足拦道哭，哭声直上干云霄。
道旁过者问行人，行人但云点行频。
或从十五北防河，便至四十西营田。
去时里正与裹头，归来头白还戍边。
边庭流血成海水，武皇开边意未已。
君不闻，汉家山东二百州，
千村万落生荆杞。
纵有健妇把锄犁，禾生陇亩无东西。
况复秦兵耐苦战，被驱不异犬与鸡。
长者虽有问，役夫敢申恨？
且如今年冬，未休关西卒。
县官急索租，租税从何出？
信知生男恶，反是生女好。
生女犹得嫁比邻，生男埋没随百草。
君不见，青海头，古来白骨无人收。
新鬼烦冤旧鬼哭，天阴雨湿声啾啾。

| 辑 评 |

［清］沈德潜《唐诗别裁》：诗为明皇用兵吐蕃而作，设为问答，声音节奏，纯从古乐府得来。以人哭始，鬼哭终，照应在有意无意。

［清］清高宗敕编《唐宋诗醇》：此体创自老杜，讽刺时事而托为征夫问答之词。言之者无罪，闻之者足以为戒，《小雅》遗音也。篇首写得行色匆匆，笔势汹涌，如风潮骤至，不可逼视。以下出点行之频，出开边之非，然后正说时事，末以惨语结之。词意沉郁，音节悲壮，此天地商声，不可强为也。

赏读

《兵车行》是杜甫自创的乐府新题，以受征戍边的平民视角，揭露了唐玄宗以来，连年穷兵黩武给百姓造成的灾难。

全诗叙述内容分为三大段。从开头到“哭声直上干云霄”为第一段，描绘送别的惨烈场景，此乃纪事。诗人从辚辚车声和萧萧马声入笔，到腰持弓箭的行人，再到送行的爹娘妻儿，延伸至远方烟尘中模糊的咸阳桥，最后以直冲云霄的哭声作结。整幅画面由声到物，由行人到送行者，再回归声音，徐徐展开，层次分明，章法有度，一点一点揭开故事的发生背景，营造出生离死别的凄惨氛围。

从“道旁过者问行人”到“生男埋没随百草”，是行人的悲惨自述，此为纪言。但云“点行频”，点明这一切都是频繁的征兵打仗造成的。有的人从十五岁（古代男子二十岁才成年）就开始被征兵，到了不惑之年仍然要四处打仗，去的时候里长给他头巾缠头，到了白发苍苍仍然要戍守边境，一生都耗费在无休止的征战中。这些到老都在戍边的人还算幸运，更多不幸的人直接死在了沙场，死者的鲜血流成血海，而唐玄宗依旧没有停下开边的步伐。男子都去打仗，正常的农业生产受到了巨大影响，村落荒芜，收获寥寥，但因为连年战争，租税不减反增，酿成多少家破人亡的惨剧！在重男轻女的古代，行人甚至发出了这样的感慨：信知生男恶，反是生女好，至少不会让孩子白白葬身边塞，还无人收尸！

最后，顺着行人的自述，诗人想象边塞战场，一批又一批的人含恨死去，一批又一批的鬼魂无法归乡，悲悯、惨烈、感伤，重重情感叠加，共同化作绵绵不绝的雨，和阴森凄惨的鬼哭，与开头人们的哭声，形成阴阳两世的照应。诗人抒发了对战争的抨击、对和平的渴望，以及对广大人民的同情和对国家命运的关心。

逢入京使

唐·岑参（715？—770）

故园东望路漫漫，双袖龙钟泪不干。
马上相逢无纸笔，凭君传语报平安。

辑评

[明] 唐汝询《唐诗解》：叙事真切，自是客中绝唱。

[清] 徐增《而庵说唐诗》："马上相逢无纸笔"，此句人人道好，惟在玉关故妙，若在近处则不为妙矣。

[清] 沈德潜《唐诗别裁》：人人胸臆中语，却成绝唱。

赏读

天宝八年（749），仕途不顺的岑参，无奈之下自请赴安西（今新疆库车县）任职。这是岑参第一次出使西域，他告别长安的家人，独自踏上离家之路。

离开故园多日的岑参，回望东方，漫漫长路催人肝肠寸断，思乡之泪簌簌而下，湿透了双袖也擦不干。龙钟，是眼泪淋漓的模样，思乡落泪，令人沧桑。

前两句铺垫了极深的思念，节奏缓慢，感情凝重。后两句匆匆遇到了入京使者，转而惊喜激动，节奏也变得明快起来。骑在马上彼此相逢，两人不过是擦肩而过的缘分，却因为同一个长安短暂地联系在一起。诗人想传达一封家书，却一下子没有纸笔，只好托对方带个口信，“凭君传语报平安”就好。这简单的一句“平安”，既是对自己和家人的安抚，也表达了渴望重整旗鼓、建功立业的豪情，可谓寄深意于浅言，感人至深。

两位行者的匆忙，异地相逢的欣喜，边塞生活的气息，诗人对家人故土的思念和对前途的豁达，在简单的话语中体现得淋漓尽致。心里所想的、口头想说的，通过诗人敏锐的观察力和高超的艺术概括力，统统凝聚在典型的行为细节中，使得诗句自然、洗练而又传神，于细微处打动人心，余味悠长，令人难忘。

碛中作

唐·岑参（715？—770）

走马西来欲到天，辞家见月两回圆。
今夜不知何处宿，平沙万里绝人烟。

赏读

《碛中作》和《逢入京使》创作时间差不多，都写于岑参第一次出使西域的路上。碛（音“气”），沙石地，“碛中作”即在沙漠中作的诗。从“辞家见月两回圆”可以得知，写作此诗时，岑参已经离家两个月有余了。

诗人从长安打马西来，将要去到天高地迥的西域。古人认为，因传说中的共工怒触不周山，天倾西北，地陷东南，西北是离天空更近的地方。“欲到天”既写出西域的天地辽阔，又体现离家的遥远，也暗含这一典故，给人以大处落笔的雄浑之感。

自从离开至今，月已圆了两回，诗人身处夜空之下，看着象征团圆的满月，却只能一步一步走向离家更远的地方，心中思念何等深重。今夜不知向哪里投宿，本该惆怅，诗人却转眼环顾四周，感叹平沙万里、渺无人烟的景象，不直接回应生计问题，就好像他并不关心有没有地方留宿一样。我们的视线一并被引向了月下沙海，看着这样辽阔无垠的沙漠风光，景色苍凉，却并不悲伤。读到这里，我们好像知道了诗人的答案，却也感到生计问题并不那么重要了。因为，孤身赴边的艰苦、边地的荒凉，都成为诗人抒发壮志豪情的舞台。

诗仅四句，却囊括了几度开合：首句以天入笔，是为开；次句写思乡之愁，是为合；三句凝聚在今夜宿处的问题，再合；四句转入辽阔的沙漠风光，大开收尾。杜甫称赞岑参的诗“篇终接浑茫”，说他的诗结尾浑厚，气象阔大，不可窥其涯际。此诗结尾，恰为印证。

白雪歌送武判官归京

唐·岑参（715？—770）

北风卷地白草折，胡天八月即飞雪。
忽如一夜春风来，千树万树梨花开。
散入珠帘湿罗幕，狐裘不暖锦衾薄。
将军角弓不得控，都护铁衣冷难着。
瀚海阑干百丈冰，愁云惨淡万里凝。
中军置酒饮归客，胡琴琵琶与羌笛。
纷纷暮雪下辕门，风掣红旗冻不翻。
轮台东门送君去，去时雪满天山路。
山回路转不见君，雪上空留马行处。

| 辑 评 |

［清］方东树《昭昧詹言》：岑嘉州《白雪歌送武判官归京》奇峭。起飒爽，“忽如”六句，奇气奇情逸发，令人心神一快。须日诵一过，心摹而力追之。“瀚海”句换气，起下“归客”。

［清］范大士《历代诗发》：酒笔酣歌，才锋驰突。“雪”字四见，一一精神。

赏读

岑参的边塞诗以奇情异趣为特点，这首诗以西域八月飞雪的壮美奇观为背景，抒发雪中送客之情。

“忽如一夜春风来，千树万树梨花开”，可以说是岑参诗里知名度最高的句子。以春天的梨花比喻千树万树的飞雪，风雪凛冽的边塞在诗人眼中，仿佛迎来了美丽的春天，充满了生机和昂扬。

顺着雪花，视角从帐外移入帐内，雪花飘入帘中瞬间打湿罗幕，可见帐内帐外存在较大的温差。帐内十分寒冷，连非常保暖的狐裘锦衾都阻止不了寒意，角弓冻得拉不开，铁衣冷得难以穿着。可就算天寒地冻，将士们依然坚持操练，毫无怨言。身外的极冷，反衬内心的极热，反衬他们高昂的精神风貌。

无边沙海结成百丈坚冰，天空凝聚着浓厚的乌云。愁云惨淡之下，热情洋溢的欢送宴席即将开始。帐中摆好了酒宴欢送归客，士兵们奏起了胡琴琵琶与羌笛，载歌载舞，开怀畅饮，直到暮色降临。前面积蓄的热情，在这里完全迸发，众军情绪达到顶点。

暮色苍茫，友人踏上回京的归程，他在大雪纷飞中踏出帐门，门外红旗都冻得飘不起来。白雪，红旗，色彩鲜明而绚丽，越来越大的雪也阻挡不了众兵士送行的热情。友人渐行渐远，山回路转，人已不见，雪上只留下一行马蹄行迹，却深深印在了兵士们的心里。战友们对归客的祝福、怀念，在质朴的语言中真情流露。

军城早秋

唐·严武（726—765）

昨夜秋风入汉关，朔云边月满西山。
更催飞将追骄虏，莫遣沙场匹马还。

|辑 评|

[清]贺裳《载酒园诗话又编》:《军城早秋》自写英雄本色耳。

[清]吴瑞荣《唐诗笺要》：绝类高达夫，结更气概雄伟，不掩大将本色。

俞陛云《诗境浅说续编》：上二句气势雄阔，后二句有誓扫匈奴之概。如王昌龄云："不破楼兰终不还"，少陵《和郑公》之"更夺蓬婆雪外城"，虽皆作豪语，而非手握军符。此作出自郑公，弥见儒将英风。

刘永济《唐人绝句精华》：首二句写军城秋景，三、四句杀敌雄心。

赏读

严武，字季鹰，华阴（今属陕西）人。两次镇蜀，军功显赫，封为郑国公。与杜甫相交甚好，多诗歌唱和，杜甫也称他为“出群”之才。

《军城早秋》以“气概雄壮，武将本色”出众。“秋风入汉关”，表面上只是写景，实际上有敌军即将来犯的寓意：入秋时节，秋高马肥，水粮丰富，正是少数民族进犯中原的最佳时节。“昨夜”体现出诗人感知的敏锐、反应的迅速，他从自然变化中预测敌方动向，未雨绸缪，这是常年征战带来的军事直觉。

诗人举目四望，北边浓云压阵，边月西沉，一个“满”字将压抑、沉重感写出。风起云涌、天色突变，这不仅是天气变化的征兆，更是大战当前的沉默和紧张。

第三句“更摧”二字，提示了时间的跳跃，告诉我们战争已经取得了胜利，为防患未然，主将派飞骑追逐残敌，不放一兵一马逃走，彻底断绝敌军东山再起的可能！两句一气直下，势如破竹，将胜军的昂扬体现得淋漓尽致。但这支军队并不是一支因胜而骄的军队，从前两句主将的明察秋毫，中间跳跃处战斗取胜的顺利快捷，可以由细处看出整个军队的素质，这是一支具有常胜实力的军队。如此手笔，没有丰富的实战经验，单凭想象是根本写不出来的，严武不愧为武人中的诗家、诗家中的武者。

哥舒歌

唐·佚名

北斗七星高，哥舒夜带刀。
至今窥牧马，不敢过临洮。

| 辑 评 |

[清] 沈德潜《唐诗别裁》：与《敕勒歌》同是天籁，不可以工拙求之。

[清] 蘅塘退士《唐诗三百首》：先着此五字，比兴极奇（首句下）。

俞陛云《诗境浅说续编》：《诗三百篇》，无作者姓氏，天怀陶写，不以诗鸣，而诗传千古。三代下唯恐不好名，汉魏以降，作者林立矣……此西鄙之人，姓氏湮没，而高歌慷慨，与“敕勒川，阴山下”之歌，同是天籁。如风高大漠，古戍闻笳，令壮心飞动也。首句排空疾下，与卢纶之“月黑雁飞高”皆工于发端，惟卢诗含义不尽，此诗意尽而止，各极其妙。

赏读

这首诗大约是颂扬哥舒翰在天宝十二年（753）领兵大破突厥所作，作者应该是西北人民。哥舒翰，唐代名将，多次击退吐蕃，致使“吐蕃屏足不敢近青海”。当时就有民谣说：“北斗七星高，哥舒夜带刀。吐蕃总杀却，更筑两重壕。”这首《哥舒歌》，很可能是在这首民歌基础上加工的作品。

诗歌的内容很简单，描绘了一个一往无前的民族英雄形象。天上的北斗星与夜袭的哥舒翰相互映衬，体现人民对他的极高敬仰。

然而并没有直接描写他的机智勇敢、他的杀敌场面，而是白描一个“哥舒夜带刀”的场景，并通过关内百姓的景仰、关外敌人的畏缩，来侧面烘托他的形象。一个“夜”将北斗星与哥舒翰联系了起来，由于视觉上的障碍，夜晚突击需要精准的判断和过硬的技能，而哥舒夜带刀，给人无畏的自信和强大的安全感，干净利落的语句中蕴涵了英武伟岸之气，让人不由得升起战无不胜的信心。再从关内外双方对哥舒翰的态度，渲染出他强大的威望，比起直接描写杀敌场面，这样的留白更给人无尽的想象空间。

尽管这首诗可能经过文人加工，但是那种朴实又巧妙、明朗又含蓄的风格，保留了民歌的特色，又不失五言诗的典雅逸秀。

塞上曲二首 其一

唐·戴叔伦（732—789）

军门频纳受降书，一剑横行万里余。
汉祖谩夸娄敬策，却将公主嫁单于。

赏 读

戴叔伦，唐代中期著名的诗人，其诗各种体裁都有所涉猎，多表现隐逸生活和闲适情调，但也有反映人民生活艰苦的诗，如《女耕田行》《屯田词》等。戴叔伦主张“诗家之景，如蓝田日暖，良玉生烟，可望而不可置于眉睫之前”。

戴叔伦《塞上曲》共两首，此为其一。军中频频收到敌方投降归顺的文书，可见战事获得大胜，优势在握。“一剑横行万里余”，一剑与万里相对，大有李白《侠客行》所说“十步杀一人，千里不留行”的魄力，展示出我军武艺精湛、以一当十、势如破竹的气势。

诗中提到了汉祖夸赞娄敬之策，娄敬是汉高祖刘邦的部下，他是最早劝说刘邦建都长安的人，后来被赐刘姓，封为建信侯，后人称之刘敬。汉朝刚刚建立之时，经历春秋战国、暴秦和八年楚汉之争，中华大地满目疮痍、百废待兴，此时又有匈奴来犯，娄敬便建议刘邦嫁公主出塞和亲，以求太平，休养生息。历史上对这一举措持肯定态度，认为刘邦识时务者为俊杰。可诗人并不这么认为，他先颂扬了军队的威武，再指出和亲这一事实，讽刺当局者的畏缩软弱、不敢迎战。诗人表达出与主流不同的个人观点，在唐朝的尚武背景下可以理解，至于这个观点恰当与否，留待各位读者点评。

塞下曲六首其二

唐·戎昱（744？—800）

汉将归来虏塞空，旌旗初下玉关东。
高蹄战马三千匹，落日平原秋草中。

| 辑 评 |

[明] 周珽《唐诗选脉会通评林》：周敬曰：起句警人语，落句凄凉语，奇隽自别。

[清] 沈德潜《唐诗别裁》：投宿无所，则碛中无人可知矣。

俞陛云《诗境浅说续编》：此诗但言沙碛苍茫，时回首中原，自有孤客投荒之感。

赏读

戎昱，中唐著名现实主义诗人。年轻时考进士落榜，于是纵情游览天下名城。戎昱的诗歌创作，对社会矛盾有相当深刻反映，代表作《塞下曲》《苦哉行》等。

戎昱作有《塞下曲》六首，这首是第二首，描绘了中原的军队得胜归来的场景。汉将归来，胡虏的关塞居然空无一人，敌军已经被狠狠打退，我们的军队扬起旌旗，走入玉门关，走向东边，那是都城长安的方向。将士们骄傲地胜利归来，迎接自己用血与汗拼来的和平，征人们终于可以和久别的家人团聚了。战马高蹄昂首，走在落日西斜的草原上，秋草摇曳，平原邈远，一派迎接胜利的喜悦。平原，既是地理描绘，在这里也有中原得到和平之意。秋天，收获的季节，秋草鲜美肥沃，适合喂马。秋天的胡虏最为猖狂，他们常常趁着水草丰美、战马肥壮、粮草充足，掀起一场又一场大战。而我们的军队，恰恰在胡虏发兵条件最好、士气最足的时候，把他们打得落花流水，然后还能全无后顾之忧地班师回朝，可见这一仗打得有多漂亮，除去了多么大的隐患，实在是大快人心。

塞下曲六首 其六

唐·戎昱（744？—800）

北风凋白草，胡马日骎骎。
夜后戍楼月，秋来边将心。
铁衣霜露重，战马岁年深。
自有卢龙塞，烟尘飞至今。

赏读

本篇以一名边关老兵的自述，表现了经久不息的战争带来的苦难，表达了对和平的无限向往。

王先谦在《汉书·西域传》补注说，白草“春兴新苗与诸草无异，冬枯而不萎，性至坚韧”，诗的首联却说“北风凋白草”，连最坚韧的白草都已凋零，可见边塞的北风有多凄厉、多可怕。朱熹在《诗集传》中认为，北风象征了国家的危乱，因为自古以来中国的外患基本自北而来。在这样凛冽的北风、这样危急的背景下，胡人的战马每日不停地向南奔跑，战事一触即发。

颔联和颈联是对老兵的描述。秋天的夜晚，老兵驻守城楼，独自仰望着月亮，心中思绪万千，身上厚重的铁衣结满了霜露，跟随自己的战马也年迈不堪。诗人不直接说老兵心里所想，将他的心事全都托付在“戍楼月”和“边将心”之中，托付在又冷又重的铁衣和老迈的战马身上，我们却能从中品味出他的思念之重、征戍之苦、时日之长、身心之疲惫。

卢龙塞，古地名，在今河北迁安市西，地势险要，自古为兵家必争之地，战争始终未断。老兵从眼前联想到历史，想到古往今来，这里的战火从未终结，给人民带来无穷无尽的灾难，而唐朝当局者始终没有能力终结战争，使得百姓依然受苦，使得年迈如自己，依然留守边疆苦战。

和张仆射塞下曲六首其一

唐·卢纶（748—800？）

鹫翎金仆姑，燕尾绣蝥弧。
独立扬新令，千营共一呼。

辑评

［清］黄叔灿《唐诗笺注》：此首写托装束气概。下二句与“宁为百夫长，胜作一书生”，意趣略同。

俞陛云《诗境浅说续编》：前二句言弓矢精良，见戎容之暨暨，三句状阃帅之尊严，四句状号令之整肃。寥寥二十字中，有军容荼火之观。

赏读

卢纶，唐代诗人，“大历十才子”之一。《和张仆射塞下曲六首》既是酬唱应和之作，也是著名的边塞组诗，包括将军出征、夜巡射虎、雪夜慑敌、庆功宴舞、狩猎等主题。

第一首写的是将军出征前发出号令、千军齐呼的壮观场面。鹫翎，箭尾的羽毛，金仆姑，《左传》记载乘丘之役时，鲁庄公“以金仆姑射南宫长万”，后用“金仆姑”指代精良的神箭。“绣蝥弧”是一种军中指挥的旗帜，旗尾叉开如燕，大气精致，鲜艳夺目，读者们可以联想古装电视剧中的军旗。神箭、大旗，在将军手中充满神采。尽管未直接描写将军的外表，但从他最令人瞩目之物可以窥见他的精神状态。诗人特意用“鹫”“燕”两种轻盈矫健的飞禽，来衬托将军的威武干练，一股振奋人心的精气神跃然纸上。

将军独自屹立城头，下达最新的军令，只需振臂一呼，千军万马都齐声呐喊、如同一人。雄浑的呐喊响彻云天、震动四野，体现出这支军队的士气高昂、军纪严明，定是不凡之师。“独立”的将军，以一人号令，让“千营”跟随响应，这一句看似平平，实则笔力惊人，先着力写将军一人，暂作收敛，最后随着“千营共一呼”，奔腾的气势喷薄而出，一泻千里，全诗结束。卢纶在极小的篇幅中积蓄了强大的力量，囊括了丰富的内容，笔力之蕴藉令人惊叹。

和张仆射塞下曲六首 其二

唐·卢纶（748—800？）

林暗草惊风，将军夜引弓。
平明寻白羽，没在石棱中。

|辑 评|

[清] 李锳《诗法易简录》：暗用李广事，言外有边防严肃、军威远振之意。

[清] 潘德舆《养一斋诗话》：诗之妙全以先天神运，不在后天迹象。……卢纶“林暗草惊风”，起句便全是黑夜射虎之神，不至“将军夜引弓”句矣。大抵能诗者无不知此妙，低手遇题，乃写实迹，故极求清脱，而终欠浑成。

赏读

第二首取材于著名的李广射石典故。据《史记·李将军列传》记载，汉代飞将军李广十分擅长射箭，曾经在出猎时，误以为草丛中的石头是老虎，一箭射中，下马一看，箭头已经深深埋入石头中。李广自己都觉得不可思议，回到原来的地方再射一箭，已经不能把箭射入石头中了。以石头的坚硬，要把箭射入石头是几乎不可能的，而李广在危急时刻爆发的力量，达成了这一令自己都惊讶的奇迹。就好像王羲之醉时书写的《兰亭集序》，这种如有天助的状态下不自觉的发挥，往往能迸发出超常的力量。然而，没有平日的积累和精湛的技艺，再怎么好的状态，也不可能成为佳话。

比起《史记》的记载，卢纶的诗巧妙设置了悬念：林暗草惊风，可能是虎，也可能是夜袭的敌人，营造出紧张的氛围。明察秋毫、有勇有谋的将军马上采取行动，挽弓射箭，将可能的威胁扼杀在了萌芽中。一夜平安，到了相对安全的白昼，大家不免奇怪：昨夜的动静究竟是怎么回事呢？我们随着寻找箭矢的士兵穿过树林，最终才发现：原来只是一块石头，而昨晚的箭已经没入石头凸起的棱角之中！这样的安排，既有时间、场景的变换，又富于戏剧性。箭簇入石已经神奇，更何况是没入突起的棱角，这一细节增添了诗歌的浪漫色彩，读来意趣盎然。

和张仆射塞下曲六首 其三

唐・卢纶（748—800？）

月黑雁飞高，单于夜遁逃。
欲将轻骑逐，大雪满弓刀。

| 辑 评 |

[明] 李攀龙、袁宏道《唐诗训解》：李攀龙曰：中唐音律柔弱，此独高健，得意之作。此见边威之壮，守备之整，而惜士卒寒苦也。允言语素卑弱，独此绝雄健，堪入盛唐乐府。

[明] 周珽《唐诗选脉会通评林》：周敬曰：中唐高调，句句挺拔。顾璘曰：健。所谓古乐府者，此篇可参。

[明] 许学夷《诗源辨体》：纶五言绝“月黑雁飞高”一首，气魄皆调，中唐所无。

赏读

这首诗是卢纶传唱度最高的一首，据说是南宋名将岳飞最喜欢的诗之一，描绘了士兵们雪夜单骑、取敌首级的英姿。

月黑，无物可见；雁飞高，无迹可寻，一切都只能凭听觉和直觉来感知。月黑风高之夜并不适合大雁起飞，说明此时应有异动，隐隐透露出战前的紧张。敌人在夜间行动，有很多种可能，诗人却斩钉截铁地断定是“单于夜遁逃”，一股不容置疑的豪迈和自信涌现出来，充满了对军情的精准掌控，和对敌军的蔑视。

敌退我进，而我军只派出少量“轻骑”追逐残军，一是因为这是以速度取胜的一战，加上环境不佳，用少量精兵比大部队更好达成目的；二是尽量节省兵力，以防不测；三则展示了高度的自信，只需派出轻骑追缴，便能手到擒来。出征的士兵只是站立片刻，洁白的大雪就已落满了弓箭和长刀，却阻挡不了士兵们一往无前的气魄。

这是一幅简洁中蕴含了意味、宁静中蓄积着张力的画面。诗人所处时代已是中唐，盛唐之音渐渐消弭，诗风呈现婉转柔和的趋势，此诗却雄浑高古、独树一帜，正如李攀龙所评“中唐音律柔弱，此独高健，得意之作”。

征人怨

唐·柳中庸（？—775？）

岁岁金河复玉关，朝朝马策与刀环。
三春白雪归青冢，万里黄河绕黑山。

辑评

［明］乔亿《大历诗略》：工对不板。洗发“怨”字偏壮丽。

俞陛云《诗境浅说续编》：四句皆作对语，格调雄厚。前二句言情；后二句写景，嵌“白”“青”“黄”“黑”四字，句法浑成。

赏读

本篇作于唐代宗大历年间，当时吐蕃、回鹘多次来犯，西北边境的战士长期戍边。诗中写到的金河、青冢、黑山，都在今内蒙古自治区境内，唐时属单于都护府，由此可以推断，这首诗表现了一个隶属单于都护府的征人的怨情。

全诗四句，采用一种画面组接的方式构成，看似彼此没有关联，实则全都围绕征人的一个“怨”字展开。年复一年，在边关各地奔波；日复一日，在马鞭刀环中度过。过去的那么多个春天，本应欣赏美好春景，在寒冷的边关却只能看到白雪落上青冢，那或许就是征人的归宿，万里黄河萦绕黑山，愁肠百结，心不能释。诗歌通篇无“怨”，却处处皆怨，从“岁岁”“朝朝”无休止的往复、从边关独特的自然景象，突出典型的意象来透露征人的情感，让作者与读者之间达成心照不宣的默契，达到司空图《二十四诗品》里“不着一字，尽得风流”的效果。

柳中庸此诗不仅两联成对，还能做到每句自对，如地名与地名相对（“金河”对“玉关”），工具与工具相对（“马策”对“刀环”），颜色与颜色相对（“白雪”对“青冢”、“黄河”对“黑山”）。诗歌在短短的篇幅中，嵌入了四个地名、四种颜色，使诗歌富于色泽之美、地域之阔。动词“归”和“绕”，略带拟人色彩，以自然风物生动写出征人心中的百转千回，富有韵味。

夜上受降城闻笛

唐·李益（750？—830？）

回乐峰前沙似雪，受降城上月如霜。
不知何处吹芦管，一夜征人尽望乡。

| 辑 评 |

[清] 黄白山《增订唐诗摘钞》：沙飞月皎，举目凄其，下此而闻笳声，安有不思乡念切者。

[清] 马沅《唐绝诗钞注略》：首二句写景，已为"望乡"二字钩魂摄魄，是争上流法，亦倒装法。

[清] 李慈铭《越缦堂读书简端记》：高格、高韵、高调，司空侍郎所谓"反虚入浑"者。下"天山雪后海风寒"一首，佳处正同。

赏读

建中元年（780）秋冬之际的一个夜晚，身处边塞的李益登上受降城，举目四望，一片凄冷的荒漠风光尽收眼帘。和白天酷热的荒漠不同，夜晚的荒漠在皎洁的月色中，呈现出一片透入骨髓的寒冷。银白的月光洒在沙漠上，如同茫茫雪原，当空的冷月仿佛白霜。

一片寂静的边关上，不知是谁正在吹着芦笛，远远传来的笛声在静夜里无比清晰，勾起了无数边关将士的思乡之情，于是，他们不约而同地回望故乡、思念亲友。至此，一幅融视觉、听觉、触觉为一体，有景、有人、有情感的边塞寒月夜思乡图，在诗人笔下尽现，给予读者感同身受的清冷、孤寂、思念之情。

受降城的具体地点有两个说法，一说，唐初名将张仁愿为防御突厥，在黄河以北筑受降城，分东、中、西三城，都在今内蒙古自治区境内；另一说，贞观二十年（646），唐太宗亲临灵州接受突厥一部的投降，便称此为“受降城”。总之，受降城这个名字，体现的是让突厥敌军服从中原的大王朝自信。而在盛世的背后，有许多人为了民族大义牺牲自己，才让我们平民百姓享有一片太平，可以安居乐业，阖家团圆。

塞下曲四首其一

唐·李益（750？—830？）

蕃州部落能结束，朝暮驰猎黄河曲。
燕歌未断塞鸿飞，牧马群嘶边草绿。

|赏读|

边塞诗总体上还是以表达哀怨为多，即使是在诗风雄浑的盛唐，面对黄沙白骨、生命流逝，抒发的感情也多含悲凉。写哀情一般都比写欢乐更容易直达人心，这是文学创作的规律，但身处晚唐的李益《塞下曲》四首却充满了昂扬之气，全无一点哀情，同样达到了较高的艺术成就。

《塞下曲》其一主要描绘了河套一带独具特色的边关春景。河套素来有“塞上江南”之称，水草丰美，粮食富足，自然不同于其他边疆地区“春色未曾看”的景象。但塞上的春景仍然有着不同于内地的特点，让见惯了中原花红柳绿的我们，领略到别具一格的壮丽春光。

驻扎在蕃州的边防部队，在金戈铁马中磨炼了钢铁一般的意志，他们骁勇善战，能够迅速平息胡人入侵，给边关筑起强大的防线。草原驰猎并非王公贵族的游戏，而是一种常规的军事训练，士兵们日日磨炼，以备随时迎敌。在他们矫健的身影中，我们看到了他们的英姿飒爽，也看到了他们常胜的原因。

塞上燕歌不绝，大雁在这歌声中北归，望着归雁，或许他们也对故土心怀想念，可如果他们沉溺于悲伤，应当是歌声哽咽、戛然断绝的，如今“燕歌未断”，士兵们的乐观昂扬、对边地的喜爱之情由此可见。有人认为这里唱的应是《燕歌行》，可备一说。牧马群嘶，放眼望去，边关草原慢慢地绿了起来，一个“绿”字，仿佛让我们看到鲜嫩的草色一点点萌发、一片片蔓延，在生机勃勃的燕歌鸿鸣和马嘶中，共同奏成一曲边关春色的交响。

凉州词三首其一

唐·张籍（766？—830？）

边城暮雨雁飞低，芦笋初生渐欲齐。
无数铃声遥过碛，应驮白练到安西。

| 辑 评 |

[明] 周珽《唐诗选脉会通评林》：周珽曰：乐府词，文昌可称独步。绝句中如《成都曲》《春别曲》《寒塘曲》《凉州辞》《吴楚歌》《楚妃怨》《秋思》等篇，俱跌瓿风逸，逼真齐梁乐府，中透彻之禅，非有相皈依之可到。

[清] 吴瑞荣《唐诗笺要》：寓怆愤纳款意。

赏读

张籍，中唐诗人，和白居易一样认为文学应该反映社会生活。张籍与韩愈、白居易、孟郊、王建等人交好，孟郊还戏称贫困又有眼疾的张籍为“穷瞎张太祝”。他与王建并称“张王”。张籍的诗多反映社会矛盾和民生疾苦，颇得白居易推重。

安史之乱后，吐蕃乘虚而入，占领包括凉州在内的几十个州镇，长达半个多世纪。诗人《凉州词》三首就是为此而作。

第一首极力渲染凉州地带的荒凉。边城日暮，落雨潇潇，大雁低飞。因为翅膀上雨露沉重，雨中的大雁低飞是符合自然规律的；大雁本身也有着思归的意味，雨中低飞的大雁，给人以思念沉重、处境萧索之感。芦笋初生，渐渐蔓延，将呈合围之势，说明春天已经来临，可边关仍然暮雨潇潇，就算是春意也驱不散这份萧条。

在这样的哀景之下，定有很多哀事发生。诗人抓住了沿丝绸之路西运的驼铃声作为典型。遥远的时空之外，传来无数穿越沙漠的驼铃声，是啊，往年春意盎然之时，应该是贸易往来最频繁的时候，中原与安西之间，商贸队伍从未断绝。可如今，安西已经被吐蕃占领，春天仍来，往日的驼铃声却已不再。这一“遥思”，更多的是对过去的追忆，对凉州一带被异族占领的心酸。

没蕃故人

唐·张籍（766？—830？）

前年戍月支，城下没全师。
蕃汉断消息，死生长别离。
无人收废帐，归马识残旗。
欲祭疑君在，天涯哭此时。

|辑 评|

［清］贺裳《载酒园诗话又编》：《没蕃故人》“无人收废帐，归马识残旗。欲祭疑君在，天涯哭此时”，诚堪呜咽。

［清］潘德舆《养一斋诗话》：张文昌《没蕃故人》诗云：“欲祭疑君在，天涯哭此时。”语平淡而意沉痛，可与李华“其存其没”数语并驾。陈陶“无定河边”二语，紧于李、张，而味似少减。此等难于言说，悟者自悟。

赏 读

张籍的一位老朋友从军守卫月氏，全军覆没，老友生死未卜，张籍悲从中来，作此诗怀念老友，想象恶战之后的惨烈和狼藉。

为何“前年”战败，如今诗人才作诗纪念？因为两年来，诗人一直在等着可能传来的消息，每等一天，希望便渺茫一点，心便更沉痛一些。古时候消息的传递何其不便，使得每一条消息的到来都何其珍贵。可到如今，依旧音信全无，友人生还的希望几乎已经断绝，诗人只好承认不愿相信的现实，作诗怀念这位在边疆消失的故人。

诗人遥想当时全军覆没后的场景：废弃的军帐被扔在战场上，无人来收；侥幸生还的马，还认得那面已经残破的军旗。废弃的帐篷，仅存的匹马，诗人通过战场上仅存的可怜的“有”，来反衬那么多活生生的战士们的“无”，更显凄凉。

回到现实，想要祭奠友人的时候，仍然不习惯的诗人总还保持着友人健在时的习惯，这无疑又给诗人心中撒了一层冷霜。诗人不禁为天涯之外的友人痛哭流涕，仿佛天地同悲，感情真挚，令人不忍。

从军行

唐·陈羽（？）

海畔风吹冻泥裂，枯桐叶落枝梢折。
横笛闻声不见人，红旗直上天山雪。

赏读

陈羽，唐代诗人，生卒年不详，贞元八年（792）进士及第，任东宫卫佐。善诗，约806年前后在世。陈羽早年漫游各地，与诗僧灵一、戴叔伦、杨衡等结交唱和。今《全唐诗》录其诗一卷，《全唐文》存其赋一篇。

陈羽生活在中唐，早年宦游任职幕府，那时的唐王朝边患不断，这首诗反映了边疆战士的生活状态。

这是一首写风雪中行军的七言绝句，押仄声韵，营造出音律上跌宕不平的感觉，仿佛再现行军中遇到的坎坷。海畔，指的是湖边，湖边的风更加森冷，吹得封冻的泥土都纷纷裂开，吹得本就落光了叶子的枯桐树枝干都断折了。就在这样严苛的背景下，突然传来高亢嘹亮的横笛声，闻声知有人，却不见人，制造出了悬念：这样的笛声究竟从哪里来呢？寻声望去，只见天山之上皑皑白雪中，一行红旗正迎着风雪、向着山巅挺进。在白雪之中，红旗显得尤为瞩目，色彩的鲜明令人精神为之一振。一、二句极言自然环境的酷烈，反衬出三、四句将士们迎难而上、无所畏惧的风貌。诗人并不直接写人，反而说是“不见人”，从横笛、红旗等物像侧面体现人的状态，既体现出风雪太大视线受阻，更具有典型意义，留给读者广阔的想象空间。

穷边词二首 其一

唐·姚合（779？—855？）

将军作镇古汧州，水腻山春节气柔。
清夜满城丝管散，行人不信是边头。

赏读

姚合，唐代诗人，公元816年中进士。他和贾岛交好，且诗风相近，时称“姚贾”。他的诗多写个人生活和自然景色，擅长五律，刻意求工。因有代表作《武功县中作》三十首，故又称姚武功，其诗派亦称“武功体”。姚合的诗在后来被作为南宋“江湖派”和明末“竟陵派”的效仿对象。

《穷边词》一称《边词》，意为极其遥远的边地。汧州是今天的陕西千县，地理位置上离长安并不远，诗人却把它称为“穷边”，可见当时唐朝国土的缩减，以及国力的衰微。

将军镇守在古汧州，路经的行人看到，春天来临，这里春水如丝般柔滑细腻，山色渐绿，气候柔和美好。入夜以后，这里则是另一番景象：清朗的夜色里，丝竹之声四处飘扬，一个“散”字写出音乐在街头巷尾的流动、充盈，家家户户歌舞升平，一片祥和欢乐的景象。行人发出了感慨：这里根本不像是边关地带，反而像是宁静和平的中原！

这种边关百姓安享太平的景象，归功于镇守的将军励精图治、击退敌人。诗人并不直接对他表达赞美，而是通过对边关自然、人文的描绘，写出一片安宁太平的景象，并通过过往行人的视角增添它的客观可信度，使得这份赞美之情变得含蓄曲折，抹去了刻意，更显自然。

雁门太守行

唐·李贺（791？—817？）

黑云压城城欲摧，甲光向日金鳞开。
角声满天秋色里，塞上燕脂凝夜紫。
半卷红旗临易水，霜重鼓寒声不起。
报君黄金台上意，提携玉龙为君死！

|辑 评|

［宋］曾季狸《艇斋诗话》：李贺《雁门太守行》语奇。

［清］沈德潜《唐诗别裁》：阴云蔽天，忽露赤日，实有此景（“黑云压城”二句下）。字字锤炼而成，昌谷集中定推老成之作。

［清］宋宗元《网师园唐诗笺》：沉雄乃尔（“黑云压城”二句下）。警绝（“霜重鼓寒”三句下）。

赏读

“诗鬼”李贺擅长用浓烈的色彩描绘奇丽的画面，形成不拘一格的诗风，这首《雁门太守行》也是如此。黑云压城，战火硝烟正在逼近，一个“压”字沉重可怖，仿佛要把城关无情摧毁，起势汹涌，令人心惊。就在此时，一缕金色的阳光刺破云层而出，照在战士们的铠甲上，片片铠甲如金鳞般放出耀眼的光芒，在这份沉重的浓黑里撕开了一个金色的缺口，万千汹涌的士气喷薄而出，一往无前。萧瑟深秋中，出击的号角呜呜作响、荡漾天地，一场恶战已经开始。收战之时，晚霞如血，塞上的土地浸透了士兵们胭脂一般的鲜血，在黄昏暮色里透出暗暗的紫色。

黑夜行军，红旗半卷保持低调，为的是趁其不备一击必中。秋夜凉寒，秋霜沉重，战鼓竟然擂不起激昂的出征号令，可见条件之艰苦。可士兵们毫不气馁，提着腰间的玉龙宝剑，迎难而上，立誓报效朝廷，视死如归！黄金台是战国时期燕昭王修建在易水东南的高台，上面放置着大量黄金，以示重金招揽天下贤士。用在这里，表现出士兵们奋勇迎敌、为国效力的决心。

黑云、金鳞、胭脂、夜紫、红旗、黄金台，应接不暇的灿烂色彩，在诗人笔下凝结出悲壮又慷慨的氛围。色块与色块的鲜明对比、交织，带来一种奇诡的美感，展现出诗人不拘一格的驾驭能力，和情感上的爱憎分明。

马诗二十三首其五

唐·李贺（791？—817？）

大漠沙如雪，燕山月似钩。
何当金络脑，快走踏清秋。

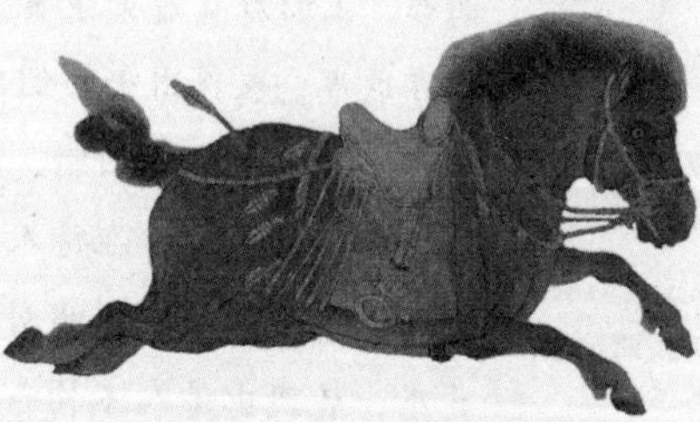

赏读

李贺与李白、李商隐并称为唐代“三李”。他的《马诗》二十三首是一组五言绝句，通过咏马、赞马、叹马等，来表达奇才志士的远大理想，以及不得重用的愤懑。《马诗》第五首即是写一匹良马对纵情驰骋、上阵杀敌的渴望，表达自己不逢伯乐的感慨。

大漠一个明朗的秋月夜，月如弯钩，尖锐仿佛士兵手里的利器。万里无云，月光照在沙漠上，泛着银白的光芒，仿佛沙海变成了雪原。望远会令人心潮澎湃，这样广阔无垠的景象，很容易激起纵情驰骋的冲动。然而，自己却被束缚在马厩中，久久不得重用。什么时候才能戴上金络脑，让我快步奔驰在清秋之中、施展能力？用得起金络脑，往往证明了骑马人的地位很高，不是将军就是皇族。能让他们使用的马，必然是最好的。诗人以马喻己，表达出对自己才华的自信、对施展抱负的渴望，以及不得重用的悲凉。

据记载，李贺相貌奇丑，畸形怪异，就好像《庄子》中那些奇形怪状的人来到现实中一样。因此，李贺非常不受待见，才华一直得不到施展，还受尽了歧视，一生抑郁悲苦，借酒浇愁，年纪轻轻二十六七便郁郁而终。无怪乎李贺喜爱用奇诡的词句、瑰丽的色彩来释放灵魂被压抑的力量，也无怪乎李贺比很多人都深谙怀才不遇的苦楚。

塞下曲

唐·许浑（791？—858？）

夜战桑乾北，秦兵半不归。
朝来有乡信，犹自寄寒衣。

|辑 评|

[明]黄生《唐诗摘钞》：与“可怜无定河边骨，犹是深闺梦里人”同一苦语，此处较不忍读者，以实境比虚情更惨也。

[清]潘德舆《养一斋诗话》：全篇又不尽老成，未能如五绝之“夜战桑乾北”、七绝之“劳歌一曲解行舟”、五律之“红叶晚萧萧”全局俱动，为晚唐之翘楚也。

[清]朱宝莹《诗式》：首句言战。二句承首句，言战未已。三句“朝”字应上“夜”字，此句意义全在下句。四句写足上句意，虚神又在“犹自”二字。浑雄。

赏读

许浑，晚唐最具影响力的诗人之一，一生专攻格律诗不作古体，后人评价他与诗圣杜甫有相似之处，“许浑千首诗，杜甫一生愁”。

安史之乱后，唐王朝渐渐不复往日国威，边庭战事屡屡失利。这首诗以唐王朝与契丹族、奚族在桑乾河附近连年征战为背景所作，虽不着一字评论，却在客观的白描叙述中，引人思考，耐人寻味。

夜战桑乾北，桑乾河以北是敌方的领地，说明此役是我方主动出击，却落得个“秦兵半不归”、损失过半的惨淡收场。主动挑起战事却被打败，主要责任在于决策者，暗中有着对指挥者的无声批评。向来唐代诗人喜欢以汉代唐，这里却不说“汉兵”而说“秦兵”，将唐王朝与暴秦对举，折射出对统治者的不满。一字藏褒贬，许浑可谓深得“春秋笔法”要领。

“朝来有乡信，犹自寄寒衣。”第二天清晨，一名已经死去的士兵来了家书，家人告诉他寒衣已寄，殊不知短短一夜，已经阴阳两隔，而家人们还在苦苦牵挂着他，期盼他早日归来。明明是充满温情的寒衣，明明是“抵万金”的家书，本应享受家信温暖的那个人，却已经变成战场上一具无人来收的白骨，再也读不到、收不了、回不去了。生者的期盼与死者的悲哀，在同一个时空交叠，令人同情，令人“刺骨”，令人“黯然魂消”，令人控诉战争的残酷。

出塞词

唐·马戴（799—869）

金带连环束战袍，马头冲雪度临洮。
卷旗夜劫单于帐，乱斫胡兵缺宝刀。

辑评

［宋］严羽《沧浪诗话》：马戴在晚唐诸人之上。

［明］王世贞《艺苑卮言》：铁中铮铮者。

赏读

马戴，晚唐著名诗人，早年屡次落第，遂漫游各地，直到会昌四年（844）终于中榜。他与贾岛、姚合互为诗友，唱酬颇多。马戴尤其擅长五律，善于抒写羁旅之思和失意之慨。他的诗凝练秀朗，蕴藉有致，一扫晚唐的纤靡僻涩。

会昌六年（846）以后，吐蕃内部分裂，蕃汉两族人民起义赶走了吐蕃守将，唐朝政府趁机发兵，收复了大片失地。这首诗便作于此时，犹如一幅雄赳赳气昂昂的出征图，给人势如破竹的畅快感。

金色的连环腰带紧束战袍，骏马昂首冲破风雪，飞度临洮，一个英武的将军形象便跃然纸上。将军驾马冲破风雪、飞度临洮，速度感、动态感十足，体现出他高超的驾驭技术，和横扫千军的魄力。

因为是夜袭，要的就是出其不意，故而将军旗卷起，潜入敌方军营，一出手便冲入重重包围下的单于军帐，千军之中取敌将首级，可见行动的严密和精准。攻下单于后，军队士气大振，乱斩胡兵，一个“乱”字写出唐军见敌就杀、不可阻挡，甚至到后来，宝刀都被斩出了缺口，可见战事之激烈和惨重。这首诗不仅气势奔腾，更在细节上有着传神之处，既神定气足，又含蓄有味。

秋浦途中

唐·杜牧（803—852？）

萧萧山路穷秋雨，淅淅溪风一岸蒲。
为问寒沙新到雁，来时还下杜陵无？

辑评

[明] 胡震亨《唐音癸签》：徐献忠云："牧之诗含思悲凄，流情感慨，抑扬顿挫之节，尤其所长。"

赏读

这首诗作于会昌四年（844）九月杜牧贬官途中，他受李德裕排挤，由比部员外郎贬为刺史。在萧瑟的穷秋踏上贬官的路途，诗人要成立一番事业、为朝廷献力的愿望被泼下一盆冷水，心中该是何等痛苦。秋浦即今天安徽的贵池，唐时属于池州。

在萧索的山路上独自前行，又遇上连绵不绝的秋雨，风尘仆仆的杜牧，从身到心都沉浸在一片萧条冷寂之中。飒飒的秋风吹过小溪，摇动一岸的蒲苇，自己也仿佛和这蒲苇一样，独自经受着风雨飘摇。萧萧，淅淅，叠词模拟出秋风秋雨的声音，画面活灵活现。一般来说，绝句的首联如果是对偶，最好灵活自然，不宜凝滞板结。这里一联，自然流转，寥寥几笔便将秋雨行旅图勾勒了出来。

三、四句，诗人转而望向天空，对着新飞来的大雁发问：你来的时候，经过我的家乡杜陵吗？大雁当然不可能回答，诗人以虚间实，转换角度，给诗歌徒然掀起一层波澜，笔力曲折令人惊叹。遥问大雁，将飞鸿所经之地纳入诗歌，拓展了诗歌的视野，给人以无尽联想。同时，这也意味着诗人对于陌生之地，如同新到的大雁，形单影只，无人倾诉思乡之苦。这一问，将他独自羁旅的苦楚、思乡的深切和贬官的惆怅，都含蓄又深刻地表达了出来。

早雁

唐·杜牧（803—852？）

金河秋半虏弦开，云外惊飞四散哀。
仙掌月明孤影过，长门灯暗数声来。
须知胡骑纷纷在，岂逐春风一一回？
莫厌潇湘少人处，水多菰米岸莓苔。

| 辑 评 |

［清］赵臣瑗《山满楼笺注唐诗七言律》：此慰谕避难流落之人，欲其缓作归计而托言之也……先生之于羁旅，可谓情深而意切矣。

［清］周咏棠《唐贤小三昧集续集》：咏雁诗多矣，终无见逾者。

赏读

唐武宗会昌二年（842）八月，回鹘乌介可汗率兵南侵，百姓们纷纷逃亡。杜牧时任黄州（今湖北黄冈）刺史，担忧逃难的百姓们，便写下此诗。诗中用秋天的大雁受惊早早南飞，比喻百姓们因战争流离失所，表达了深切的同情，并暗中讽刺了当朝者的无所作为。

金河在今天内蒙古呼和浩特南部，泛指广大北方边地。秋半即八月，此时水草充足，战马健壮，胡虏拉开弓弦挑起了战事，边关的百姓和云外的大雁一样，惊慌失措，不得不四下逃散，忍受颠沛流离、思念亲人和故乡之苦，悲哀的呼号直冲云霄。仙掌，汉代建章宫内，有铜铸仙人举掌托起承露盘；长门，汉宫名，汉武帝陈皇后失宠时幽居之地。离散的大雁形单影只，掠过清冷的宫殿，留下几声寥落的哀鸣，更显凄凉。诗人写孤雁飞过寂寥的宫殿上空，意在表明身居宫中的皇帝，面对百姓流离，无能为力，也无意拯救。月冷声寒，透露出一种令人寒心的冷漠。

大雁本应春回北方，但可以预想，到了春天，胡人依然占据着北地，它们依然无家可归，只好停留在潇湘之地。在这里，诗人体贴地劝慰逃亡的百姓，暂时就在这里安歇吧，不要嫌弃这里少人居住，水边生长的菰米莓苔还尚可充饥。比起当朝者的冷漠，诗人的深切关心透露出浓浓的人情味，对比鲜明。

春怨

唐·金昌旭（？）

打起黄莺儿，莫教枝上啼。
啼时惊妾梦，不得到辽西。

辑评

［明］王世贞《艺苑卮言》：“打起黄莺儿……”不惟语意之高妙而已，其句法圆紧，中间增一字不得，着一意不得，起结极斩绝，而中自纡缓。无余法而有余味。

［明］周珽《唐诗选脉会通评林》：顾璘曰：此所谓调古者。周敬曰：极真极细，愈浅愈深。唐汝询曰：想头高，托意更苦。

［清］沈德潜《唐诗别裁》：语音一何脆！一气蝉联而下者，以此为法。

赏读

金昌旭，生卒年不详，仅存《春怨》一诗，却得到高度称赞，广为流传。

谢榛《四溟诗话》把作诗方法分为两种，一种是“一句一意”，“摘一句亦成诗”；另一种是“一篇一意”，“摘一句不成诗”，这首《春怨》就是如此。

虽说“一意而下”，这首诗却并不简单得一目了然，而是层叠推进，极尽曲折之妙。诗的首句便起波澜：黄莺儿本是人人喜爱的动物，见之令人欢快，可主人公却要打走它，这是为什么？第二句做出解释：为了不让它在枝头啼鸣。可黄莺声清脆动听，为何主人公不想听到它的鸣叫呢？读者不由得往下寻找答案：原来，黄莺的啼叫惊扰了她的梦境。伴着黄莺声声从梦中醒来，本是一件浪漫美好的事情，主人公为什么不愿意？因为梦境破碎，她就无法继续前去遥远的辽西，在辽西见到思之已久的人。这个答案似乎做出了解答，但是解答里又生出了新的疑问：为什么主人公如此想梦到辽西？她是不是有亲人身在那里？此人为何背井离乡、久不归家？辽西自古战事频繁，她思念的那个人，是不是饱受战乱之苦呢？诗歌到这里戛然而止，留给读者自己想象。

陇西行四首其二

唐·陈陶（812？—888）

誓扫匈奴不顾身，五千貂锦丧胡尘。
可怜无定河边骨，犹是春闺梦里人。

辑评

[明]王世贞《艺苑卮言》：（三四句）用意工妙，（一二句）筋骨毕露。

赏读

陈陶，晚唐诗人。早年游学长安，研究天文，于诗颇有造诣。举进士不第，半生漫游山水之间，晚年隐居学仙，不知所终。《全唐诗》录其诗二卷。

《陇西行》组诗四首是陈陶取乐府旧题所作的七言绝句。诗歌描述迎战匈奴的将士们英勇无畏、奋不顾身，五千英魂为国捐躯，埋葬在胡地风尘之中。貂锦，借指将士，他们用鲜活的生命筑就边防，一腔热血葬身胡尘，美好事物被无情毁灭，即我们所知的“悲剧”。

三、四句是本诗最精彩之处。丧身战场的每一副骸骨，背后都有着日夜思念他的家人，诗人并没有直写战争的残酷、久别的苦楚，而是将河边骨、梦里人联系起来，令读者联想到这样一幅画面：闺中妻子并不知道自己已和丈夫阴阳两隔，仍然期盼着他平安健康，期盼着他有一天胜利归来、阖家团圆，殊不知，她心心念念的梦里人，此刻已化作战场上一具无人来收的白骨。理想的美好与现实的残酷，在这一梦一真、一虚一实中激烈碰撞，这其中巨大的落差，产生了强烈的感官刺激，和感同身受的艺术感染力。

和李秀才边庭四时怨四首 其四

唐·卢汝弼（？）

朔风吹雪透刀瘢，饮马长城窟更寒。
半夜火来知有敌，一时齐保贺兰山。

赏读

卢汝弼，《才调集》记为“卢弼”，生卒年不详，其诗语言精丽清婉，多有悲气，今《全唐诗》存其诗八首。《和李秀才边庭四时怨》共四首，分别书写了春怨、夏寒、秋思、冬战。第四首写了冬天的一个极寒的夜晚，我军突遇敌人夜袭，将士们奋起迎战的场景。

边塞的大雪，古往今来有太多的诗歌对它进行夸张的渲染。此诗却别具一格，以寒风暴雪穿透了身上的旧刀伤，来形容风雪的凛冽，给人印象尤为深刻。士兵身上的伤痕是他们苦战和荣耀的证明，一支身经百战、坚毅不屈的军队，悄然在这场风雪中登上了舞台。边塞苦寒，诗人巧妙借用知名乐府古题《饮马长城窟》，以及汉代诗人陈琳的成句“饮马长城窟，水寒伤马骨”来描绘，引导读者在七个字里联想出千言万语，借用别的诗篇，给自己的诗增添了文化内涵。

冬季本就严寒，半夜寒意最甚。偏偏在这时，烽火台突然燃起火焰，警醒的将士们一看便知是敌袭，马上起身集合，万人一呼，共同保卫贺兰山。如此严苛的条件下，这支军队面对敌袭反应如此迅速，行动如此统一，士气如此高昂，可见是多么训练有素、精神刚毅。这种团结一致共同抗敌的气概，毫无哀叹之情，充满了积极乐观。诗人以敏锐的眼光，选取独特的视角，使得诗歌在无数同题材作品中独具特色。

河湟旧卒

唐·张乔（？）

少年随将讨河湟，头白时清返故乡。
十万汉军零落尽，独吹边曲向残阳。

|辑评|

［清］沈涛《匏庐诗话》：张乔《宴边将》云云，《河湟旧卒》云云，试掩其名，读者鲜不以为右丞、龙标。然则初盛中晚之分，其亦可以已乎？

赏读

张乔，生卒年不详，池州（今安徽省池州市贵池区）人，懿宗咸通中年进士。当时东南一带多才子，张乔与许棠、郑谷、张宾等并称“咸通十哲”。

《河湟旧卒》以一位从军多年的老兵视角展开，以个人的遭遇反应时代特征。安史之乱后，河湟地区常年被吐蕃占领，战事纷扰不断。少年出征之时，或许还渴望上阵杀敌、为国立功。到两鬓斑白，终于得以返回故乡，似乎非常值得庆幸。

可诗歌语调突然一转，“十万汉军零落尽”，当年意气风发的少年，已经真真切切地见识到战场的残酷无情，刚才还一起吃饭聊天的战友，可能转眼就变成沙场上凌乱的残尸白骨。十万，这个庞大吓人的数字背后，究竟有多少家破人亡，究竟有多少刻骨铭心的苦痛？见过了太多生离死别，老兵的心已被磨砺得粗糙，如今唯有自己孤零零一个人回来，回到这个陌生的故乡，对着如血残阳，他不禁吹起了边塞的曲调。从年少到年老，边关的曲调他听了一辈子，或许他也不知道其他地方的曲调是如何，或许早就已经听得厌烦了，可他依然吹起这样的调子，就好像曾经的战友能够又回到自己身边。怀念着逝去的生命，怀念着流逝的光阴，幸存者陷入了最深重的不幸，这一切都是常年的战争带来的。诗人对和平的渴望之情，从一个老兵的悲凉当中自然涌出，却又含蓄深沉，耐人寻味。

书边事

唐·张乔（？）

调角断清秋，征人倚戍楼。
春风对青冢，白日落梁州。
大漠无兵阻，穷边有客游。
蕃情似此水，长愿向南流。

|辑 评|

［清］黄生《唐诗矩》：前后两截格。凡五言律，首尾相称、位置停匀者，正调也。前半警策，后半更不用力，如此诗及岑参《寄严许二山人》诗者，变调也。后半亦非不用力，但声势气局为前段所摄，只以平平衬带过去耳。

俞陛云《诗境浅说》：高视阔步而出，一气直书，而仍有顿挫。亦高格之一也。

赏 读

张乔曾游历边塞，这首《书边事》便记录了边塞的所见所闻。安史之乱后，河西、陇右一带长期被吐蕃占领。唐宣宗大中五年（851），张议潮率领民众起义，收取十州失地，唐宣宗封张议潮为归义军节度使。大中十一年（857），吐蕃将领尚延心献河湟之地归顺唐朝。自此，唐代西部边塞地区才出现了一度和平安定的局面。此诗就是反映这一时期的情形。

军中的吹角声声，弥漫尽清秋的天地，悠远辽阔，征人倚着戍守的楼台，尽情地聆听享受。征人一“倚”，体现出他的悠闲安逸、心情愉悦，传达了边关安宁、征人无事的景象。诗人遥想曾为民族关系作出巨大贡献的王昭君，如今蕃汉两地交好和平，如春风过境，也同样吹过了埋葬昭君的青冢。青冢，是王昭君墓的特指，传说北地生的草都是白色，唯有昭君墓上草青青，故称。由历史转入现实，诗人看到白日落下边关地平线，劳作了一天的百姓们安然回到自己的家中，一片日落而息的宁静。

见到此情此景，张乔感慨着，今天边塞迎来了难得的和平，大漠没有士兵的阻挠，边关也能有我这样的客人来游历，真希望蕃汉之间的民族情谊长存，如同河水南流至京城。诗人巧妙通过河水的流向，来比拟边疆民族纷纷归顺大唐的景象，表达了他对民族团结的渴望，和对和平的热爱。

登单于台

唐·张蠙（？）

边兵春尽回，独上单于台。
白日地中出，黄河天外来。
沙翻痕似浪，风急响疑雷。
欲向阴关度，阴关晓不开。

辑评

[明]胡应麟《诗薮》：“白日地中出，黄河天外来”，玭句也。唐诗之壮浑者终于此。

[清]陆次云《五朝诗善鸣集》：浑成圆厚。

[清]黄周星《唐诗快》：此地几人能到？读此诗，仿佛如目睹矣。“白日”二句，雄而且险。

赏读

张蠙，字象文，清河（今河北省邢台市清河县）人，唐代著名诗人、才子，生卒年、生平事迹均不详，只知道他在约唐哀帝天复初前后在世。

关于这首诗，晁公武《郡斋读书志》称："蠙生而颖秀，幼能诗，作《登单于台》，有'白日地中出，黄河天外来'之句，为世所称。"

虽出于晚唐诗人之手，这首《登单于台》却颇有盛唐气象。春日，边庭官兵都回到军营，可见平静无事，诗人独自登上单于台望远，看到白日初升，黄河奔腾，一派大气磅礴的边塞景象。颔联的白描手法，似乎借鉴王维"大漠孤烟直，长河落日圆"的笔力，却在"出"和"来"两字中，具备了王维诗没有的动感。"黄河天上来"，也有李白"黄河之水天上来"的影子。

诗人因登高，感受到了高处的疾风，沙翻似浪，疾风如雷，令人真切感受到高处风景壮阔的同时，也带着"高处不胜寒"的艰难。他北眺阴山，那是汉代防御匈奴的屏障。他想走进阴山一睹雄关漫道，那里的门户却紧闭不开，无法通行。这份前路阻隔的遗憾，将诗歌的大气转入了低沉，回到了晚唐的颓靡之声。盛唐之音，虽有回响，却已没有盛世的底气，难以再出雄浑奔放的篇章了。

塞上

宋·柳开（947—1000）

鸣骹直上一千尺，天静无风声更干。
碧眼胡儿三百骑，尽提金勒向云看。

| 辑 评 |

［宋］江少虞《宋朝事实类苑》：此可画于屏障。

［明］杨慎《升庵诗话》：宋人盛称之，好事者多图于屏障，今犹有其稿本。

赏读

柳开，北宋初年著名诗人，他主张复古，反对五代的颓靡文风，自称“师孔子而友孟轲，齐扬雄而肩韩愈”(《上符兴州书》)，是宋代古文运动的先驱人物。

万里晴空之下，毫无征兆地，一支响箭直冲云霄，在无风的晴天中，这一声响更加干燥道劲、干脆有力。天静无风，既是写出万里晴空的好天气，更是体现出如今北境的和平安宁。声更干，这一“干”字，一方面，是北方干燥的气候特征体现；另一方面，也是响箭声音的干脆利落，尤为引人注意。果然，原本正在草原上驰骋的那些生着碧眼的胡儿，全都收勒马头，一齐向云端望去。以碧眼形容年轻的胡人，突显他们和中原人迥异的生理特征，同时，眼睛是心灵的窗户，眼睛所望，即为心之所向。虽然诗人只说有胡人三百骑，我们仍然可以想象，此前他们在辽阔的草原上尽情驰骋的动态美、雄壮美。突然的一声响箭，使这幅充满动态美的胡儿奔腾图突然定格，所有目光都望向同一个地方，所有人都被这一响亮的声音吸引，所有人都因此倏然静止，所有的喧闹都由此忽归沉静。刹那之间，动静突变，一放一收间，充满了草原特有的力量美。

北宋初年，大业初定，国力渐长，诗歌中还保留着唐朝遗风。柳开此诗，以传神的瞬间捕捉著称，历来许多人将它绘入屏风之上，可见该诗具有极强的画面感，激发了后来众多丹青手的创作热情。

和王介甫明妃曲二首 其二

宋·欧阳修（1007—1072）

汉宫有佳人，天子初未识，
一朝随汉使，远嫁单于国。
绝色天下无，一失难再得，
虽能杀画工，于事竟何益？
耳目所及尚如此，万里安能制夷狄！
汉计诚已拙，女色难自夸。
明妃去时泪，洒向枝上花。
狂风日暮起，飘泊落谁家。
红颜胜人多薄命，莫怨东风当自嗟。

| 辑 评 |

[宋] 叶梦得《石林诗话》：先公平生未尝夸大所为文，一日被酒，语棐曰："吾诗《庐山高》，今人莫能为，惟李太白能之；《明妃曲》后篇，太白不能为，惟杜子美能之；至于前篇，则子美亦不能为，惟吾能之也"……今阅公诗者，盖未尝独异此三篇。

赏 读

昭君出塞这一历史典故，已为众人熟知，吟咏此事的诗文数不胜数。欧阳修《和王介甫明妃曲》二首，是为应和王安石《明妃曲》二首所作，共咏王昭君之事。

欧阳修此诗，重在“汉计已拙”这一主题，将出塞和亲的昭君，视为朝廷无能的牺牲品。汉宫中有昭君这样的绝世佳人，天子却没有意识到，白白让佳人远嫁，“一失难再得”。究其根本，并不在画工，而是天子自己不识人才。俗话说“一屋不扫何以扫天下”，连耳目所及的后宫都不能发现佳人踪迹，又怎么能奢望这样的天子安邦定国、击退外敌呢？他也只能通过软弱的和亲，来求得暂时和平罢了。诗人以五言叙事，用七言句作警句，节奏的变化有着烘云托月的效果。

妙就妙在，欧阳修点出汉元帝的无所作为以后，并没有继续展开，而是点到即止，继续将视角锁定在昭君身上。昭君越是美丽，越体现出她的可惜；越是可惜，越反衬了当局者的无能。红颜多薄命，诗人由此劝说王昭君不要自嗟，这似乎是一种悖论：有才有能者难道就该命薄，就该甘愿被冷落、被疏远吗？这种悖论中，突显的是当下统治者没有慧眼、不能选贤举能的无力。咏史往往是为了咏时事，诗人沿袭唐诗的传统，借汉言宋，有很强的现实意义。

明妃曲二首 其一

宋·王安石（1021—1086）

明妃初出汉宫时，泪湿春风鬓脚垂。
低徊顾影无颜色，尚得君王不自持。
归来却怪丹青手，入眼平生几曾有；
意态由来画不成，当时枉杀毛延寿。
一去心知更不归，可怜着尽汉宫衣；
寄声欲问塞南事，只有年年鸿雁飞。
家人万里传消息，好在毡城莫相忆；
君不见咫尺长门闭阿娇，人生失意无南北。

| 辑 评 |

［清］高步瀛《唐宋诗举要》：持论乖戾。

赏读

《明妃曲》二首作于嘉祐四年(1059),王安石奏《上仁宗皇帝言事书》之后。这两首诗角度新颖,议论新警,跳出了人们对吟咏昭君之事的刻板印象,一时传遍各地,广受称赞,吸引了包括梅尧臣、欧阳修、司马光、刘敞等人写下和诗。

王昭君的悲剧,从进入汉宫开始,王安石却从“初出汉宫时”开篇,将笔墨集中于出塞和亲这个主题。佳人去国离乡、只身和亲,她的容颜和背影越美,越能让人有同情可惜之感。美人“泪湿春风”,楚楚可怜,仿佛天地同为之而悲;她即使素颜、即使只是低回顾影,也能令君王不能自持,更何况盛装?就算是看惯了后宫佳丽的汉元帝,也不由得感慨昭君之美平生未曾见有。汉元帝将痛失美人的怒火,全都发泄在画师毛延寿身上。历来文人对毛延寿多持批判态度,认为他罪有应得;可工安石却说毛延寿只不过是被“枉杀”而已,因为“意态由来画不成”。这一方面体现出明妃的美丽意态,已经超越了画工的技巧;另一方面,为画师开脱,能将议论的笔力集中直指统治者。

诗人并不继续议论汉元帝的“枉杀”,而是回到昭君身上,继续讨论昭君个人的境遇和品格。昭君心知

自己已经无法回到中原，却仍然一生都穿着与胡人格格不入的汉宫衣。古人的胡汉之分，其实并不重在血统，而是重在文化，文化的标志往往就是“衣冠文物”，譬如屈原服饰清洁、佩戴香草以彰显“其志洁”，譬如昭君明知归国无望也要一生“着尽汉宫衣”，通过不改服饰来表现爱国爱乡、心志不移的真挚情感。她心念家乡，将思念寄托在南归的鸿雁身上，却“只有年年鸿雁飞”。终于，远在万里之外的家人传来了消息，让她在单于帐中好好生活，不必思念汉宫，因为千千万万女子深锁宫中，从来都是得意人少、失意人多，“人生失意无南北”。这一议论，点出了具有普适性的悲剧的根源：统治者不能选贤举能，无法留住人才。在这一点上，宫女和士人又有什么区别呢？联系王安石的《上仁宗皇帝言事书》恳切建议仁宗改革除弊、选用人才，我们不难理解诗人的良苦用心。

金错刀行

宋·陆游（1125—1210）

黄金错刀白玉装，夜穿窗扉出光芒。
丈夫五十功未立，提刀独立顾八荒。
京华结交尽奇士，意气相期共生死。
千年史册耻无名，一片丹心报天子。
尔来从军天汉滨，南山晓雪玉嶙峋。
呜呼！楚虽三户能亡秦，岂有堂堂中国空无人！

赏读

孝宗乾道八年（1172）正月，陆游受邀从四川到南郑（今陕西汉中），在前敌指挥部任官。南郑位于宋金对峙前线，陆游在前线多次奔走，为收复失地做准备。当时，陆游提出了很有建设性的军事主张。这段为期一年的从军时光，给陆游留下了非常深刻的印象。第二年十月，他根据在汉中的这段经历，写下了这首《金错刀行》。

错金的宝刀，以白玉盛装，即使是在幽深的夜里，夜色、刀鞘和窗扉也遮不住宝刀的光芒，无不彰显这把刀的珍贵。能配得上好刀的人，必然是百里挑一的精忠良将。诗人以刀自喻，自信地说出，自己的军事才华就如手里宝刀的光芒一样，是无法遮蔽和掩埋的。可如今自己已年近五十，仍未立下功名，仍未完成自己的抗金大业，他提刀独立，怀才四顾，心中泛起酸楚。

有志之士并不只有诗人一个，他在京城结交了许多和自己一样怀抱爱国丹心的奇士，意气相投，形成一个爱国志士团体。当时，朝中抗战派势力开始崛起，老将张浚重新被起用，准备北伐，陆游也受到张浚的推许。因为同一份报国之心，这群热血男儿意气相投，同生共死，肝胆相照。他们渴望在抗金事业上留下自己的名字，渴望收复失地、回报天子。诗人望着终南山，山顶雪白，山石嶙峋，映衬得爱国丹心更加鲜明。面对此情此景，诗人喊出了响彻古今的句子“楚虽三户能亡秦，岂有堂堂中国空无人”，既是对民族的自信，也是对统治者的失望。这句反诘，掷地有声，催人奋起，针砭时弊，给人荡气回肠之感。

十一月四日风雨大作二首 其二

宋·陆游（1125—1210）

僵卧孤村不自哀，尚思为国戍轮台。
夜阑卧听风吹雨，铁马冰河入梦来。

| 赏读 |

这首诗作于绍熙三年（1192）十一月四日，当时诗人已经68岁高龄，自他罢官已有三年，可他的爱国情怀分毫未减。这一日风雨大作，他留在家中，听雨而卧，思绪万千。下雨的夜晚最适合沉思与怀念，所怀念者往往是最为看重的和最放不下的。陆游心之所向，依然是铁马冰河的战场，依然是没能收复失地的遗憾，依然是那颗赤诚的报国之心。

诗人已十分老迈，孤独地居住在偏远的村庄里，“僵卧”生动地摹写了一个年迈的老者，在雨天的寒意中身躯僵硬、难以动弹的情貌。按理说，一个独居的老人，无人照顾，在暴风雨中独自听着雨声，应该是非常可怜的；可诗人不仅“不自哀”，心里所想的还是为国征战、收复失地的大业。他听着风雨声渐渐入眠，梦里仍然是铁马冰河的征战之地。诗人从未自哀自怜，也从未需要同情、需要安慰，他要的不过是理解，理解他面对国难当头、山河破碎时，那份永不老去、永不凋零的爱国报国之心。天下兴亡，匹夫有责，陆游这位老者的内心选择，映衬出当时很多正当壮年却满口求和的朝廷要臣的无耻嘴脸。他从心里鄙视他们，却又为国家的命运担忧，国家掌握在这群小人手中，什么时候才能富强，什么时候才能驱逐敌人，什么时候才能收复失地？他为此已经奋斗了一生，却依然看不到希望。他已经老迈，无法再上阵杀敌了，只能让这份遗憾留在心里，成为一个遥不可及的念想，成为只能在夜里诉诸梦境的愿望。

这是一代仁人志士的豪迈发声，这是在一个软弱的时代里，存留在中华民族内心的永不屈服的种子。我们感谢像陆游这样的仁人志士，是他们，才没有让中华民族在历史上终结，是他们，让华夏儿女即使面临内忧外患，也仍然能够挺起腰板，站立起来，屹立在世界的东方。

示儿

宋・陆游（1125—1210）

死去元知万事空，但悲不见九州同。
王师北定中原日，家祭无忘告乃翁。

|辑 评|

［明］胡应麟《诗薮》：忠愤之气，落落二十八字间。每读此未尝不为滴泪也。

［清］贺贻孙《诗笺》：率意直书，悲壮沉痛，孤忠至性，可泣鬼神。

［清］赵翼《瓯北诗话》：临殁犹有“王师北定中原日，家祭无忘告乃翁”之句，则放翁之素志可见矣。

赏读

这首诗作于宋宁宗嘉定二年（1210）十二月，历来被认为是诗人的绝笔。85岁的陆游，卧病不起，心中却仍然挂念着北定中原。他写下此诗寄予儿女，以遗嘱的方式，表达出这位爱国志士在生命最后的抗争号召。

人在将死之际，就如陆游所说“元知万事空”，人间的一切都不过是过眼云烟，如果此时还留恋着什么，那必然是一生求而不得、刻入骨髓中的执念。诗人这一执念，来自于“但悲不见九州同”，他死前唯一挂念的，仍然是没有收复北方领土、没有实现统一大业。陆游戎马一生，为抗金事业奉献了一辈子，面对求和派的嘴脸，面对残酷的现实，他虽然痛恨，却并没有绝望，他仍然相信华夏人民可以与金人抗衡，相信失去的黄河流域总有一天会收归宋朝。这份看清了现实、却依然保持乐观、永不放弃的豪迈，令多少人为之动容。

诗人卧在病榻上，颤巍巍地向床前的儿子们交代：宋朝的军队北定中原的日子，你们祭奠我时，千万别忘了告诉我。诗人要把对北定中原的信心带到另一个世界，他的爱国执着，是死亡也阻挡不了的。尽管全诗是在临死时所写，笼罩着死亡的阴影，但诗人内心坚持了一辈子的爱国斗志，击退了死亡的恐惧，令诗歌的基调转入激昂。此诗的悲壮沉痛，真不愧“可泣鬼神”。

从军行

宋·张玉娘（1250—1276）

三十遴骁勇，从军事北荒。
流星飞玉弹，宝剑落秋霜。
书角吹杨柳，金山险马当。
长驱空朔漠，驰捷报明王。

赏读

张玉娘，南宋才女，字若琼，自号一贞居士，松阳人，仅活到27岁。她出身书香官宦世家，饱读诗书，敏慧绝伦，工于诗词，当时人们将她与班大家（班固之妹班昭）类比。她去世后，族孙寻找她的诗词汇编成册，题名为“兰雪集”。后人将她与李清照、朱淑贞、吴淑姬并称宋代四大女词人。

这首诗虽出于女性之手，英雄气概却不输男性。三十而立，正当壮年，骁勇善战又富有经验的主人公，经过严格遴选，被选入军中征战北方。战场凶险，战事紧急，枪林弹雨间，主人公奋勇杀敌。宝剑落霜，既说明剑的锋利，也预示着天气严寒，年岁渐消，思念家乡之感。从古老的边关名曲《折杨柳》中，主人公感受到了久违的一点春意，杨柳的风姿在塞外是看不到的，士兵们只能从曲子中去想象、去怀念。可他们并未沉湎于个人的情感中，而是仍然坚毅地镇守关卡，大有一夫当关、万夫莫开之势。他们在空旷的北方大漠中疾驰，誓要击退敌军、保家卫国，最终让胜利的捷报进京，报答天子的恩遇，保卫百姓的安宁。全诗一气而下，充满了英雄气概。在危机四伏的南宋末年，一位年轻的女子尚能有如此胸襟，理应让那些只顾自己享乐、一味软弱求和，一步步葬送国家前途的官宦们汗颜。

上京即事其三

元·萨都剌（1272—1355）

牛羊散漫落日下，野草生香乳酪甜。
卷地朔风沙似雪，家家行帐下毡帘。

赏读

萨都剌，元代诗人、画家、书法家，字天锡，号直斋，蒙古人。他工于诗文，善楷书。其诗诸体兼备，尤擅长歌行，诗风清丽俊爽，自成一家，有《雁门集》传世。

《上京即事》五首是萨都剌六十二岁时（1333）所作，记录了他在上都（今内蒙古自治区正蓝旗东闪电河北岸）的所见所闻。诗歌描写塞外的草原风光和牧民生活，别具特色，值得玩味。

牛羊在落日的草原里散漫闲适地走着，经过了一天的阳光曝晒，草原被晒出了青草特有的香味，和着牧民家里乳酪的香甜，充满了边塞特有的家乡的味道。夜幕降临，朔风卷地，在银色的月光下，扬起的沙砾如雪一般洁白，草原上的人家，家家户户都拉下了蒙古包的毡帘，每一家每一户都尽情享受属于家庭的夜晚。题为“上京即事”，诗歌也确实如同随笔所记，内容非常浅显，画面感很强，但其中传达的与中原迥异的风光，和温馨的草原生活，仍然令人爱不释手。我们不由得感叹，真是一幅独具特色的草原生活画卷。

第三句用白沙来比喻飞雪。在我们的想象中，北方的雪应该是大片大片的。但是到了蒙古一带，如同鲁迅的《雪》所说，那里的雪往往并不成片，而是一粒一粒的，如同漫天飞舞的白沙。只有像萨都剌这样对北国景物十分熟悉的人，才能自如地描绘出这样具有草原特色的风光。

小磨诗坊·边塞

词

调笑令·边草

唐·戴叔伦（732—789）

边草，边草，边草尽来兵老。山南山北雪晴。千里万里月明。明月，明月，胡笳一声愁绝。

| 辑 评 |

［清］陈廷焯《词则·放歌集》：爽朗。

俞陛云《唐五代两宋词选释》：唐代吐蕃、回纥，迭起窥边，故唐人诗词，多言征戍之苦。当塞月孤明，角声哀奏，正征人十万碛中回首之时。李陵所谓“胡笳互动”“只令人悲增忉怛耳”。

赏读

《调笑令》是一个简短轻快的词牌名，本唐曲，白居易曾说“抛打曲有《调笑令》,饮酒曲有《卷白波》”。词本身最适合表达纤细婉约的个人情感，“不登大雅之堂”，边塞题材又常常与国家荣誉结合在一起，特别是在以诗为尊的唐朝，故而用词写边塞题材者少之又少。戴叔伦这首词，可谓独树一帜。

“边草，边草”这一重叠，既是格律的要求，又通过词语的重叠，给我们展开一幅层层相叠、广阔无边的碧草图。边草褪尽，隆冬降临，士兵们的身心也如同进入了冬季，身体衰老、内心寒凉，归家却依然遥遥无期。

山南山北都是茫茫雪原，雪后初晴，更觉寒冷。朗月当空，千里万里共享一轮明月。月光清冷，望月思乡，今夜家乡的月亮是否也这么明亮呢？是否家人正在和我一样望着月亮，思念着遥远的人？我们的思绪似乎随着士兵，乘着月光飞驰，遥想千里之外的家乡。

顺着月明，诗人呼唤着，明月，明月，想着想着，一声凄冷的胡笳，将这一思绪断绝，将这份希望断绝，我们又回到了绝望的现实中。全词尽管一字不提思乡，却处处透着思念之情，意境含蓄深沉，是中唐难得一见的词作。

酒泉子

五代·孙光宪（901—968）

空碛无边，万里阳关道路。马萧萧，人去去，陇云愁。

香貂旧制戎衣窄，胡霜千里白。绮罗心，魂梦隔，上高楼。

辑评

［后蜀］赵崇祚《花间集注》：“绮罗”三句，承上香貂戎衣，言畴昔之盛，魂梦空隔也。

［明］汤显祖《花间集》：三叠文之《出塞曲》，而长短句之《吊古战场文》也。再谈，不禁酸鼻。

赏 读

孙光宪，五代宋初时期词人，籍贯陵州贵平（今四川仁寿东北），字孟文，号葆光子。他出身农家，少时好学，擅长作词，《花间集》录其词48首，是该集中五代词人存词最多者。

《酒泉子》，词牌名，原为唐教坊曲，以酒泉郡地名作曲名。孙光宪的这首《酒泉子》，境界开阔，苍凉中带着缱绻，是以纤柔婉转为主要风格的《花间集》中，非常特别的存在。

词的上阕叙述征人的孤单征程，下阕描绘思妇的深切思念，从侧面反映常年征战给人民带来的苦难。上阕以茫茫无边的无人沙漠展开，无边的空旷，亦是心中的空空落落。眼前唯有通往阳关的万里道路，路途的遥远，预示着它的艰辛。马嘶鸣，人离去，仿佛陇西的云也为我发愁。“萧萧”“去去”两个叠词，音韵和谐，朗朗上口，抒情意味更浓。

下阕，征人的战袍已旧，只剩戎衣裹体，面对千里寒凉的胡地白霜。衣裳容易令人思乡，征人遥想千里之外的妻子，应当穿着绮罗衫，登上高楼，望远思人。她与自己，也只能在梦中相见了。这份两地相思的情谊和愁苦，因空间遥远、情深义重而显得开阔苍凉，又因为思绪的绵绵不绝而有着纤细的一面。

渔家傲·秋思

宋·范仲淹（989—1052）

塞下秋来风景异，衡阳雁去无留意。四面边声连角起，千嶂里，长烟落日孤城闭。

浊酒一杯家万里，燕然未勒归无计。羌管悠悠霜满地，人不寐，将军白发征夫泪。

赏读

范仲淹是北宋著名的军事家、政治家，官至副宰相。他了解民间疾苦，主张革除积弊，但在守旧派的反对下没能实现。康定元年(1040)至庆历三年(1043)间，范仲淹镇守西北边疆，抵御西夏来犯。他纪律严明，又爱惜士兵，深得西夏的惮服，称他“腹中有数万甲兵”。这首词即作于这一时期。

《渔家傲·秋思》的开阔意境和沉雄气概，对后来的豪放派词人，包括苏轼、辛弃疾等都有影响。这首词以驻守边疆的将军为视角切入，将个人情感与国家荣誉相结合。词的上阕侧重写景，塞下秋来，风景与中原殊异，天地寒冷，雁去衡阳，对此地无一丝留恋。传说大雁飞到湖南衡阳的雁回峰，便不再南飞，这里就用了此典。此时，四面八方都响起了边塞特有的声音：吹角、羌笛、风声、马嘶……连绵一片。崇山峻岭之间，孤独的城池开始宵禁，一束细细的长烟掩映在落日里，成为一点可怜的人的气息。此情此景，怎不令人心生寂寞之感，怎不让人思念遥远的家乡？

下阕自然转入抒情。酒以清为贵，边塞条件艰苦，浊酒一杯聊以浇愁。可将军不能就这么回去，因为敌人未退、功名未立，自己还无法凯旋。东汉时窦宪击退匈奴单于，追击三千里至燕然山，在石头上刻下自己的功名。后来常用“燕山勒石”来形容将军的功成圆满。读到这里，我们才明白，将军虽有常人之情，却更多地心系国家安危，誓要击退敌军，才允许自己归还。这就与一味的悲愁不同，更多了一份凌云壮志。国家荣誉与个人情感在将军心中交织，他在夜里咀嚼，听到羌管悠悠，看到落霜满地，可见夜已深沉，这时，词才点出“人不寐”。将军士兵在边关生出白发、流下眼泪，这两行泪里，有着对北宋弱势的担忧，有着对家的思念，有着对生命流逝的感慨，词在这里戛然而止，却余韵悠长。

饮马歌

宋·曹勋（1098—1174）

边头春未到，雪满交河道。暮沙明残照，塞烽云间小。断鸿悲，陇月低，泪湿征衣悄，岁华老。

赏读

词人曹勋于靖康元年(1126)，与宋徽宗一起被金兵俘虏，押解北上，受徽宗托付的半臂绢书，逃离金人囚禁。建炎元年(1127)秋，他逃至南京(今河南商丘)，向宋高宗上御衣书，请求招募敢死之士，北上营救宋徽宗，被宋高宗拒绝并黜免。绍兴十一年(1141)，宋金议和，曹勋出使金国，劝金人归还徽宗灵柩。后来他又两次出使金国。曹勋的诗总体较平庸，但因为多次入金，对边塞生活有着刻骨铭心的切身体验，故而他的使金诗有一定鉴赏价值。

这首《饮马歌》，以北方少数民族的曲调写成。词的视角由远及近。边关的春天还未到来，交河四野依然有着厚重的积雪，寒凉之气弥漫，没有生机，没有温暖。恰逢黄昏，沙漠泛着点点光泽，烽火在广阔的边塞天地间显得十分渺小。一声断鸿，一轮低月，纷纷诉说着思乡之苦，视线锁定在征人身上，我们看到他泪湿衣袖，在无尽的思念中默默苍老。词由景及人，由远及近，由大及小，使得思念故土的主题一层一层地鲜明起来，层次分明。

在《饮马歌》的序中，词人写道“兀术每遇对阵之际，吹此则鏖战无还期也”，并说此曲凄凉，听之不忍。音乐我们已无从寻找，但从字里行间，我们可以切身领略到这份怀念的苦楚和这种绝望的悲哀。

喜迁莺

宋·蔡挺（1014—1079）

霜天秋晓，正紫塞故垒，黄云衰草。汉马嘶风，边鸿叫月，陇上铁衣寒早。剑歌骑曲悲壮，尽道君恩须报。塞垣乐，尽櫜鞬锦领，山西年少。

谈笑。刁斗静，烽火一把，时送平安耗。圣主忧边，威怀遐远，骄虏尚宽天讨。岁华向晚愁思，谁念玉关人老？太平也，且欢娱，莫惜金樽频倒。

辑评

［清］谭莹：听喜迁莺竟召还，有渔家傲不须删。归来献寿将军事，须念征人老玉关。

赏读

蔡挺，字子政，宋城（今河南商丘）人。《宋史》本传称蔡挺“渭久，郁郁不自聊，寓意词曲，有‘玉关人老’之叹”。魏泰《东轩笔录》称其词“盛传都下”。这首《喜迁莺》，可以说是作者人品与词品的象征。

词的上阕，从秋日凝霜的拂晓展开，“紫塞故垒，黄云衰草”，一片萧索景象。在马的嘶鸣、鸿雁的叫声中，身着铁衣的将士们早早出营，迎着未落的月色、挺着凛冽的寒风征战。这些坚毅的少年，怀着一腔爱国热血，势必报答君恩。当时的仁宗皇帝体恤边关将士，使得将士们更有忠君报国、舍生忘死之心。他们以戍守边关的生活为乐，箭囊、战袍都充满了意气风发。山西，暗用了《汉书·赵充国传赞》里“秦汉以来，山东出相，山西出将”的成语，预示着这些斗志昂扬的少年终将成为优秀的将领，成为国之栋梁。

谈笑之间，夜间已不必用刁斗示警，因为远处已经燃起了报平安的烽火，从容镇定之间，这支军队就击退了敌方，打了一场胜仗。皇帝心怀仁厚，凭着自己的国力和文化感召力，吸引少数民族归顺自己。到这里，词人却突转悲秋之语，叹道“谁念玉关人老”。毕竟离家久远，遇上边关和平，难免在享受和平的同时，想念远方的亲人，感叹时光的流逝。词的最后，既有及时行乐的豪迈，也有寂寂无聊、斟酒自饮的愁绪。整首词气势昂扬，豪迈与愁绪交织，更觉真实可感。

满江红

宋·岳飞（1103—1142）

怒发冲冠，凭栏处、潇潇雨歇。抬望眼，仰天长啸，壮怀激烈。三十功名尘与土，八千里路云和月。莫等闲、白了少年头，空悲切！

靖康耻，犹未雪。臣子恨，何时灭！驾长车，踏破贺兰山缺。壮志饥餐胡虏肉，笑谈渴饮匈奴血。待从头、收拾旧山河，朝天阙。

|辑 评|

[明]沈际飞《草堂诗余正集》：胆量、意见、文章悉无今古。又云：有此愿力，是大圣贤、大菩萨。

[清]陈廷焯《白雨斋词话》：何等气概！何等志向！千载下读之，凛凛有生气焉。“莫等闲”二语，当为千古箴铭。

| 赏读 |

岳飞这首词，几乎就是他的人生理想写照。在这首词中，我们遥想那位在举国懦弱之中坚毅不屈的抗金英雄，不禁为他的悲壮感慨，为他的赤诚感动。

首句“怒发冲冠”，冲天的气势破空而来，诗人凭栏遥望，遥望那些好不容易收复又轻易失去的好河山，心中无限悲愤。“潇潇”为平声叠词，摹写雨的漫长

不息，而“歇”为短促的入声词，从声音上体现大雨的突然收束，干脆有力。怒气抒发之后，岳飞回顾自己的过往，他已年过三十，古人说“三十而立”，如今自己立的军功不过只像尘与土一般，前方还有漫长的征战之途，需要自己穿云拨雾、披星戴月。这场回顾既有自谦，也有对朝廷投降派的极端不满。他劝诫自己，千万不能停下脚步、虚度光阴，否则只能两鬓斑白，徒然后悔！一位坚持抗金报国的将军，在敌强我弱、朝廷无为的情况下，依然不曾退却，其志之坚，令人钦佩。

岳飞眼前之路，通向的是直面敌人、一报深仇大恨的战场：靖康之耻，仍旧未雪，自己的恨，何时能灭？他要驾着长车，领着军队，踏破贺兰山缺；他要“饥餐胡虏肉”“渴饮匈奴血”，这份不共戴天的好汉气魄，这份一往无前的将军士气，充满了自信、无畏和畅快。他要从头“收拾旧山河”，他要收复失地，他要打退一直盘踞北方的敌人，他要凯旋亲自朝见皇帝、上奏捷报。他把这份报国之心渲染得诗意形象、大气宏伟，充分表现出以他为代表的爱国志士不屈不挠、奋发图强的精神风貌，成为反抗侵略的代表篇章。

小重山

宋·岳飞（1103—1142）

昨夜寒蛩不住鸣。惊回千里梦，已三更。起来独自绕阶行。人悄悄，帘外月胧明。

白首为功名。旧山松竹老，阻归程。欲将心事付瑶琴。知音少，弦断有谁听？

|辑 评|

[清] 王弈清《历代词话》卷七引《古今词话》：岳侯，忠孝人也。其《小重山》词，梦想旧山，悲凉悱恻之至。

[清] 陈廷焯《词则·放歌集》卷一：苍凉悲壮中亦复风流儒雅。

龙榆生《唐五代宋词选》：一种激昂忠愤之气，读之使人慷慨。推其志，虽与日月争光可也。

赏读

《小重山》这个词牌名本是唐人常用来写宫女幽怨的，岳飞的《小重山》继承了曲调的风格，婉转曲折，哀怨含蓄；但是细细品来，这首词同样以抗金事业未酬为基调，婉转中透露着悲壮，哀怨中透露着坚毅，让后人从另一种风格中，聆听这位千古民族英雄的心声。

寒蛩声声，时节已是深秋，寒凉之意笼罩天地，国家也正在这份秋意中飘摇。诗人梦回千里之外的黄河流域，恍然惊醒时，夜已三更。梦中也不忘收复失地，诗人的报国灭敌之心已经深入骨髓。他或许正在梦中激战，正准备击退敌方，恍然梦醒，才明白不过是自己的痴念，现实依然那么残酷。他起身独自踱步，在一片寂静中看着月色朦胧，表达出“举世皆浊我独清，众人皆醉我独醒”的悲哀。下阕开始便直言心事：为了收复失地，自己要从年少奋斗至白头，中原的父老在顽强抗争中都已经年迈，可见南渡时间已久，但是当朝的投降派们为求自己安宁，不顾百姓疾苦，一味求和，阻碍了中原回归的进程。面对残酷的现实，诗人心事重重，无法疏解。想要将心事寄托在瑶琴之上，但假如自己是伯牙、子期又在哪里？没有知音，就算弹到琴弦皆断，也无人能够理解！满朝软弱议和，使作者陷入曲高和寡的孤独之中，他忧心国家和民族的未来，心情只能沉重下去。

浣溪沙

宋·张孝祥（1132—1170）

霜日明霄水蘸空，鸣鞘声里绣旗红。澹烟衰草有无中。

万里中原烽火北，一尊浊酒戍楼东。酒阑挥泪向悲风。

|辑 评|

［清］陈廷焯《白雨斋词话》："万里中原烽火北，一尊浊酒戍楼东。酒阑挥泪向悲风"，慷慨激烈，发欲上指。词境虽不高，然足以使懦夫有立志。

赏读

张孝祥，字安国，号于湖居士，历阳乌江（今安徽和县东北）人，南宋著名词人、书法家。张孝祥词风豪迈，在建康任上作《六州歌头》，令力主抗金的大臣张浚感动罢席。乾道四年（1168）秋，张孝祥出任荆州，处于宋金对峙的前线。这首词应是该年秋冬时作于荆州的。

词以寒冷季节的万里霜天开篇，天朗气清，视野开阔。“水蘸空”写水天相接，“蘸”字将水色与天色拟作笔下的色彩融为一体，写得空阔清明，令人感叹大自然的魅力。既然是边塞，耳目所及当是一片军戎景象。响亮的马鞭声，耀眼的军旗红，给人印象极为深刻。向远望去，茫茫烟色，衰草若隐若现，诗人的思绪也飘到了遥远的地方。

下阕点明诗人所念为何——万里中原，如今却已在宋金战火之北，金人占领了广大中原地带，南宋节节败退，怎不令人为国家命运担忧？只是这样一提，便蕴藏了千言万语，意在不言中。词人只好一尊浊酒浇愁，望向戍楼之东，那是都城的方向，遥想城中朝廷之上，一片议和投降之声，他不禁双目泪垂，任由寒风将自己的泪吹散。词所写之景晴朗明丽，表达之情却黯然迷茫，词人把对中原故土的思念，和对国家命运的悲愤忧心，表现得淋漓尽致。

破阵子·为陈同甫赋壮词以寄之

宋·辛弃疾（1140—1207）

醉里挑灯看剑，梦回吹角连营。
八百里分麾下炙，五十弦翻塞外声。
沙场秋点兵。
马作的卢飞快，弓如霹雳弦惊。
了却君王天下事，赢得生前身后名。
可怜白发生！

|辑评|

［清］陈廷焯《云韶集》：字字跳掷而出，“沙场”五字，起一片秋声，沉雄悲壮，凌轹千古。

梁启超《艺蘅馆词选》：无限感慨，哀同甫亦自哀也。

赏读

这首词大约作于1188年，被免官的辛弃疾闲居江西带湖，遇到了只是布衣的陈亮，两人同为力主抗金复国的志士、慷慨悲歌的词人，一见如故。他们在鹅湖之会议论抗金大事，辛弃疾赋此词寄予陈亮。

词作以将军的视角展开，很可能带着不少自述的成分。将军酒醉，点亮灯芯，拔出自己悬挂已久的宝剑欣赏。看着看着，将军一梦，回到了当年角声呜呜的军营中，这一“回”，我们便知道，这些军中场景，于他已成过往，只能在梦中回忆了。将军仿佛看到官兵们在军旗下兴致勃勃地分食烤牛肉，听着各种乐器轮番演奏边塞歌曲，秋高马肥的时节，正好点兵。骏马飞驰，不输于古时的名马的卢，劲弓弦鸣，仿佛惊雷霹雳，令人振奋。他能为君王完成统一天下的大业，他能挣来为国立功的功勋，如果词到这里终结，那么它无疑是一首壮词。可这一梦倏然惊醒，他看到自己白发丛生，日渐苍老，明白这一切不过是自己未了的执着，明白统治者受人蒙蔽、岁月不饶人，自己也只能壮志难酬，遗憾终老，词便由壮变为悲壮。这位曾经为国上阵杀敌的将军，如今却被抛弃闲居，无法再为朝廷效忠，只能看着朝廷一天天积弱，看着自己白发苍苍，徒唤奈何。于是，这句对现实的感慨，呼应开头的“醉里”，与梦境中冲天的豪情形成巨大落差，跌宕起伏，波澜壮阔，给人无尽的思绪。

水龙吟·登建康赏心亭

宋·辛弃疾（1140—1207）

楚天千里清秋，水随天去秋无际。遥岑远目，献愁供恨，玉簪螺髻。落日楼头，断鸿声里，江南游子。把吴钩看了，栏杆拍遍，无人会，登临意。

休说鲈鱼堪脍，尽西风，季鹰归未？求田问舍，怕应羞见，刘郎才气。可惜流年，忧愁风雨，树犹如此！倩何人，唤取红巾翠袖，揾英雄泪！

辑评

［清］谭献《谭评词辩》：裂竹之声，何尝不潜气内转。

［清］陈廷焯《白雨斋词话》：落落数语，不数王粲《登楼赋》。

赏 读

《水龙吟》出自李白诗句“笛奏龙吟水”，又名《龙吟曲》《庄椿岁》《小楼连苑》。此调气势雄浑，适合用来抒写激奋的思想感情。宋孝宗淳熙元年（1174），被迫从战场南归已有八九年的辛弃疾，出任一介小官。一个秋日，他登上建康（今南京）赏心亭，极目远望，百感交集，感叹自己壮志难酬，悲从中来，于是写下这首《水龙吟》。

开篇便是极为广阔的楚天千里、滚滚长江，秋色无边无际，水天在遥远的地平线相接，十分壮阔。长江流域为古时候的楚国，故称“楚天”。南宋时期，中国的领土大约只剩下战国时的楚国一带，秦淮以北基本落入敌方手里，堂堂大国如今只能“委身适荆蛮”，今昔对比令人感慨。辛弃疾继续远眺，看到远山如美人的钗环发髻，如此壮美，自己的愁绪却有增无减。红日西斜，鸿雁声断，本应征战北方的自己，却被留在江南的楼头望远；本应以黄河流域为都城的中华民族，却偏安江南，让文化发源地落入异族人手中，不正像江南的游子吗？他心绪汹涌，却不直接用语言表达，而是选取典型的动作看吴钩、拍栏杆，来表达自己遗憾之处、愁生之处为何——正是自己渴望收复失

地、报效祖国而不得的遗憾啊！在这里，无人能领会一位将军的遗恨，无人能明白自己登高的心结，词人该是何其孤独。

“鲈鱼堪脍”三句用了西晋张翰的典故，张翰（字季鹰）应齐王司马冏征召赴任，途中见秋风起，思念吴中的莼菜羹、鲈鱼脍，便掉转马头，弃官回家，谁知不久后齐王兵败，张翰幸免于难。“求田问舍”三句，则用许汜与刘备刘表谈论陈登的典故。两个典故共同说明，词人既不像张翰因思念鲈鱼脍回家，也不像许汜求田问舍，他虽思念北方故土，却要通过上阵杀敌收复失地回家。可惜流年易逝，不能如愿，心中忧愁，和树一样渐渐憔悴、老去。自己又一次陷入无人理解的愁苦中，只好发问，请谁换取歌女舞女，用红巾翠袖，来擦干我这英雄之泪呢？中原不收复，英雄泪就不干，只知声色的歌女又怎么能理解将军的胸襟？这一问，照应了上阕末尾的“无人会”。全词深刻表现了报国无门的英雄之恨，气魄辽远，荡气回肠。

蝶恋花·出塞

清·纳兰性德（1655—1685）

今古河山无定据。画角声中，牧马频来去。满目荒凉谁可语？西风吹老丹枫树。

从前幽怨应无数。铁马金戈，青冢黄昏路。一往情深深几许？深山夕照深秋雨。

|辑 评|

毛泽东：看出兴亡。

赏读

康熙二十一年（1682）八月，二十八岁的纳兰性德奉命出塞，远赴梭龙。途中，他看着荒凉的塞外古战场，心有感触，写下了这首词。

这首词的头一句便与众不同，一般来说，词的开头常用描写引入，这首独以议论开篇。“今古河山无定据”，古往今来，大好河山几经易主，从来没有谁能永久地占据它们。这就产生了一种历史纵深感，产生一种人事沧桑而自然永恒的感慨。画角是产自西羌一种乐器，表面有彩绘，声音哀丽高亢，军中多用来鼓舞士气、整肃军容。画角声中，牧马来了又去，塞外时而纷争，时而和平。触及满目荒凉，词人心中涌起了浓烈的孤独感，极欲找人倾诉，环顾四周，却只有萧瑟的西风，将丹枫树渐渐吹红吹老。

词人遥想漫长的历史中，这里应当有着许许多多的征人，弥漫着太多浓重的思乡幽怨。边关与中原，既有金戈铁马的征战，也有联姻出塞的和平。“青冢黄昏路”，化用了杜甫诗句“独留青冢向黄昏”，将诗意转为词意。曾经给大汉带来半世太平的王昭君，被后来的无数文人吟咏至今。为了争夺领土，时而打仗，时而求和，构成了一部厚重的边塞史。回顾历史，展望如今，出塞的词人对祖国的感情日益加深。情深有几许呢？词人将情语融入景语中，将情感诉诸大好河山里。

图书在版编目（CIP）数据

小磨诗坊. 边塞 / 王兆鹏丛书主编；杨雪莹本册主编. -- 武汉：崇文书局, 2019.1（2021.8重印）

ISBN 978-7-5403-5112-0

Ⅰ. ①小… Ⅱ. ①王… ②杨… Ⅲ. ①古典诗歌-诗集-中国 Ⅳ. ①I222

中国版本图书馆CIP数据核字(2018)第161261号

小磨诗坊·边塞

责任编辑 程可嘉
装帧设计 黄 彦 杨 艳
出版发行 长江出版传媒 | 崇 文 书 局
业务电话 027-87293001
印　　刷 湖北画中画印刷有限公司
版　　次 2019年1月第1版
印　　次 2021年8月第2次印刷
开　　本 787×1092 1/32
印　　张 8
定　　价 39.00元

本书如有印装质量问题，可向承印厂调换